ドクトル太公望の世界周航記

まえがき

本書は、ドクトル太公望こと萩原博嗣さんの「周航日記」を中心としたエッセイ集である。萩原さんは佐世保共済病院の整形外科の先生。佐世保の麗妙かつ高齢のご婦人方の間ではつとに高名なお医者さんである。というのも、彼女たちの多くが、手足や背骨の不慮の骨折や、膝の関節症などの治療に萩原さんの手を煩わせているからにほかならない。かく言う私も、骨粗しょう症による背骨の圧迫骨折を、萩原さんに治してもらった患者の一人なのだが。

二〇一五年三月、萩原さんは佐世保共済病院定年の六十五歳を期して、海上保安大学校航海練習船「こじま」に臨時医務官として乗船し、百一日間の世界一周航海に乗り出した。その年の海上保安大学校卒業生三十四名を訓練する、海技資格取得のための実習航海で、呉を出港して、太平洋を横断し、パナマ運河を通ってニューヨークに寄港、大西洋から地中海を経て、マルセイユ・モナコに立ち寄り、スエズ運河を通過して紅海・インド洋を航行、シンガポールに寄港して呉に帰港するという、完璧な世界一周である。

乗組員総数四十三名（実習生は除く）。萩原さんは、船長、業務監理官（いずれも二等海上保安監）に次ぐ三等海上保安監という待遇で、三番目に偉い位だったという。萩原さんはこれを「位打ち」と言って謙遜しているが、そうでもなかろう。

佐世保米軍のネイビーベースの司令官の位はたしかキャプテン（大佐）だと記憶するが、私の知り合いのベースの牧師さんは同じキャプテンで、位でいえば司令官と同格だった。医務官は人命を預かる人、牧師は魂を預かる人の違いはあっても、厚く遇されてしかるべきであること洋の東西を問わない。

今はニューヨークでもロンドンでもあっという間にピンポイントで飛んで行ける時代である。百一日もかけて「ゆるりゆるり」の世界一周など、悠長な話だと言う向きがあるかもしれない。しかし、この「ゆるりゆるり」こそが、脳と感性を活性化させるのにいかに大事かということが本書を読めば納得できる。

昔、日本の学生が、ヨーロッパへ留学するには、シンガポールを経て、インド洋・紅海を渡り、スエズ運河を通って地中海に出、マルセイユに上陸するしか方法がなかった。ちょうど萩原さんとは逆方向の航路である。昔々、和辻哲郎はその航路をたどりながら、『風土』という名著を発想したのである。

ポイントからポイントへ、ではなく、線上の移動、あるいは帯状の移動が、どれだけ体験を反芻し、自身の栄養に変えるのに役立つか、西向きか東向きかは問わず、萩原さんの書きものは和辻と同じことを教えてくれている。

先に萩原さんのことを「ドクトル太公望」と書いたのはほかでもない、萩原さんは鯛釣りの名人なのである。鯛の話から鯨の話、このシーマン（「海の男」とでもいうか）の興味は尽きることがない。シーマンは同時にファーマー（農人）でもある。学生時代から野菜作りやっていたなどという人は今時めったにいない。萩原さんは確か戦後生まれのはずだが、その風貌も生き方も、むしろ私たちの父祖の世代に近い気がする。医者として着馴れた白衣が似合うのは当然としても、その中身はどうやら骨太の野人に近いに相違ない。しかも、本人の弁によれば、骨密度も濃ゆいそうだ。

二〇一七年　晩夏

小西　宗十

もくじ

四、食物採集愛好家の生活と意見

五、付けたり　――二冊の本の「まえがき」と「編集後記」――

装画・装丁・カット　大石　博

一、周航日記

——海上保安大学校航海練習船こじま臨時医務官の世界周航記——

始まり

―船に乗る話―

二〇一五年三月に私は満六十五歳を迎え、三十年間勤務した佐世保共済病院を退職することになった。退職後はめでたく悠々自適の生活が待っているかというと、佐世保のような地方の街では特にそうなのだが、勤務医はそう易々と辞めさせてはもらえない。どこの病院でもとにかく医師が足りないのである。院長は当然のことのように今後の勤務について話しましょうと迫ってくる。

そのあたりの事情は先刻こちらも承知していることだから、そうそう困らせるような事は言わず、体力と気力の続く間は働かずばなるまい。

但しそれについては、こちらにも一つ聞き届けてもらいたいことがあった。それは実は今、三ヵ月ばかりの期間限定のある話に応募しており、もしそれに採用されたらその期間は休ませて頂きたい、ということだった。何しろこちらは退職する立場なのだから、さすがに院長もこれは認めざるを得ないということになった。そのある話と言うのは次のような次第。

佐世保は明治時代に海軍鎮守府が置かれたことによって発展してきた港湾都市であるので、海上保安庁もその発足以来「佐世保海上保安部」という出張所を置いている。その保安部の中には医務室があって、ここには当院が昭和三十二年以来五十年以上に渡って嘱託医を送り続けてきたという長い縁があった。

古株の私にも最近になってそのお鉢が回ってきて月に何回か診療に出かけていたのだが、ある日暇な折に、保安部の管理課長さんと世間話をする中で、呉市にある海上保安大学校が行う世界一周の練習航海に船医が見つからなくて毎年困っている、ということを聞いたのがそもそもの始まりだった。

その時には面白そうな話だなと感じた位だったのだが、後になって思い返してみると丁度定年退職を迎えて割合自由が利く事といい、元々海が好きで自前の漁船を保有した経験もあり、第二の人生の半分は漁師として過ごしたいと考えていた事といい、これは他ならぬ私のために用意されたようなお誂え向きの話ではないかという思いが段々に募ってきたのだった。

そこで課長さんに、当方は定年を迎える整形外科医で、内科の経験はなく腹部の手術も出来ないがいいだろうかと問い合わせてもらうと、それで結構、むしろ外傷、運動器系の医者のほうが望ましいという返事である。

船医がいなくて困っているという話の割には、応募してから採用が決まるまでだいぶん待たされた。どうも昨年医師が見つからなくて、派遣を泣きついたある大学の医局から、今年も出せるかもしれないから他からの採用を見合わせるように言われていたらしい。で、結局ぎりぎりまで待たされた揚句、やっぱり出せないということになって、うまい具合に二股掛けていたこちらに話を回すという事に。

まあそれはいいでしょう。担当者の、某大学医局と、度々問い合わせをする当方との間に挟まれて困っていたであろう立場にも同情できるので。

海上保安大学校航海練習船こじま

出発の一ヵ月ほど前、打ち合わせを兼ねて呉まで下見に行くことになった。

練習船こじまは海上保安大学校の敷地内にある専用桟橋に係留されていた。白い船体の前方には海上保安庁のシンボルマーク「S」が青く描かれており、大小の機関砲も備わっていてなかなかスマートである。船内を案内していただく。船は三千百トンで出力四千馬力のディーゼル機関二機を備えており、搭載はしていないもののヘリコプターが離着陸出来る後甲板がある。船齢二十三年というのは人間でいうと大年増だが毎年世界一周の航海に就役しており、まだ当分は活躍できる働き盛りといったところか。

乗組員は私を入れて四十三名、内女性八名。実習生は三十四名、内女性四名で、この春海上保安大学校を卒業し、海技資格を取得するための実習航海に出るのである。将来の幹部保安官となるための実務訓練はもちろん、外国沿岸警備隊との交流や現地在外公館が催す国際交流事業への参加が練習航海の主目的である。

私が百日あまりを過ごす事になる船室は、下段が整理タンスになっている備え付けのベッド、机、洗面台、冷蔵庫、ロッカーがしつらえてある畳六畳敷き位の広さの個室で、住み心地は良さそうである。

廊下の向かい側にある医務室はこれよりやや広いスペースだが、簡易手術台やベッドの周りにはやたらと物品が押し込んであって、使い物にならないような物も多く、大整理が必要と思われた。医薬品は一通りそろっているようだが補充すべきものを確認し、小手術のための使えそうな器具を滅菌包装するために病院に持ち帰る事にする。

出港まで

四月二十八日の出航までの二ヵ月間は忙しかった。三月中に副院長室から顧問室へ引っ越しをし、退職祝いの病院主催の慰労会やいろいろの部署、仲間内のパーティーがあり、整形外科医会での記念講演を二回やらせてもらい、家族旅行、花見旅行、辞令交付のための出張、親族の葬式まであってあちこちと飛び回っていた。その間にも外来診療と手術はほぼ変わらぬペースで続けていたし、家の畑には夏野菜の植え付けを済ませ、鯛の乗っ込みの時期とあって潮のよい休日には夜明けから船釣りに出かけ、壮行会と称する飲み会は有り難くお受けして全く目が回るようだった。

そんなわけで航海の用意のために頭を働かせる余裕とて無く、とにかく持って行くものとして着替えと水泳パンツ、電気ポットの他は、部屋に積みっぱなしになっている未読の本と、日記用のノートと便箋、英和と和英辞典、千字文の手習いの手本などをいい加減に詰め込んでおいた。千字文は暇を利用してせめて悪筆を直したいという殊勝というか虫のよい心がけによる。医学書の類が一冊もなかったのは我ながら自分をよく知る覚悟ではあった。

一番の心配は私にとって今やこれなしでは不眠症に陥る事間違いなしの酒のことだが、幸い保安庁の船は護衛艦と違って夕方の巡検が終われば、船長の許可の下という条件付ながらある程度の飲酒は許容されている。しかも出国の際には免税品の斡旋をするというので酒の注文リストまでが自宅に届いたではないか。

「ワインやウィスキーは外国の港でも買えるけれど、日本酒や焼酎は買えませんよ、」と主計長から脅かされたこともあって、過不足ない程度の常用量を申し込んでおいたら、出港時にはちゃんと自室に届けられていたのは有り難かった。但し後日聞いたところによると、船への物資積み込みは乗組員がバケツリレー式に行うのだそうで、私の常用量はちょっとした話題になっていたとか。

出港

四月二十八日午前九時から海上保安大学校講堂で出航式が催された。前日にトランクを船に積み込む際に支給された三等海上保安監の制服を厳めしく着用に及んで儀式に参加した。その後早速船に乗り組んで、登舷礼を行いながら出港する。桟橋では大学校の在校生からなるブラスバンド、応援団の文字通り鳴り物入りの派手な壮行があり、沢山見送りに来てくれている家族や、市内の幼稚園児たちにも別れを告げる。

私はといえば高校の時以来四十七年ぶりの制服を、それもたくさん金筋の入ったのを着込んで、これまた鐔《つば》に金モールの入った制帽をかぶって、しゃっちょこばって船橋甲板に並んでいたのだから、我が妻はきっとその凛々しい姿に惚れ直したことであろうと本人は思いこんでいたのだが、実のところは、いい年をして七五三のおさらいかいなと、さぞかし面白がっていたに違いない。

大きな船が離岸する時はえてして時間がかかって、見送る方も出て行く者もお互いに間

海上保安大学校航海練習船こじま　3,100トン

が持たないものだが、さすがに心得たもので、こじまは解纜《かいらん》するや素早く岸壁を離れ、帽振れの手がだるくならないうちにたちまち沖へと乗り出したのだった。

　これから向かう航路はホノルル、コスタリカのプンタレナス、ＮＹ（ニューヨーク）、マルセイユ、モナコ、シンガポールとたどって、百一日後八月六日に海上保安大学校専用桟橋に帰着の予定である。

　迷路のような島々の間を縫って瀬戸内海を西に向かい、佐田岬をかわして豊後水道へ出ると少しずつ船の揺れが強くなってきた。

黒潮横断

四国の足摺岬を過ぎると黒潮本流が待ちかまえている。ハワイに向けて南下する本船はこの激流を横断して進むので、本航海中インド洋と並んで一番波の大きな海域に早速さしかかるのである。二十八日夜半からローリング（横揺れ）とピッチング（縦揺れ）が激しくなり、固定の悪い品物は落下するし、通路を歩くときには両手で壁を支えなければならなくなった。

早速体調不良者が一名、ひどい吐き気と熱発のある女性乗組員。幸い水は飲めるので点滴は行わず、投薬のみを行って医務室で看病することにする。船酔いの実習生にはトラベルミンを配って、とにかく頑張って回復してもらうしかない。

私も少しは船酔いするのではないかと覚悟していたのだが一向にその気配はなく、食欲は最後まで旺盛のままであった。子供の頃には船酔いした覚えがあるので、恐らく三半規管が老化して反応しなくなっているのだろう。ベテランの乗組員達はもちろん平気で食事をしている。

ところでこの船の食事は毎日四回供される。朝は七時に味噌汁と漬け物や干し魚、ソーセージなどの付け合わせ。昼食は十一時、夕食は五時に仕切りのある平皿にサラダ、魚、肉類、野菜、卵、果物など五～六種類を盛り合わせたごちそうが毎度出てくる。飯は各自が食欲に応じて自分でよそうことになっているが、米は極上のササニシキ。さらに午後七時に日替わりアラカルトの夜食が出る。これは何時でも自分の好きな時に食べてよい。当直勤務が多く食事が不規則になりがちであることや、若い食欲旺盛の乗員が多いこと、航海中は食事以外に楽しみが少ないことなどに配慮したものであろう。

全部につきあうとカロリーオーバーになること確実なので夜食は遠慮することにしていたが、一寸のぞいてみると焼きそば、冷やしうどん、ラーメンなどの麺類をはじめ、うまそうなものが多くて、折り合いをつけるのが大変だった。

ついでながら、本船の乗組員は航海科、機関科、通信科、主計科に分かれていて、全体の責任者がもちろん船長、その他に業務管理官という人が乗り組んでいる。船長を補佐して業務企画をする役目だそうだ。恐らく海軍で言えば「参謀」、江戸幕府で言えば「お目付」、ソ連だと「共産党書記」に当たる職務だろうと理解している。

船長のMさんと業務管理官のKさんのお二人には四六時中面倒をみていただいた。我が事ながら「大変だったでしょう」と、反省も込めてお礼申し上げたい。このお二人は実に良く調和の取れた組み合わせで、剛柔配剤の妙を得ており、偶然でないとすれば海上保安庁の人材管理能力には実に優れたものがあると感心する。

この二人が士官クラスのトップとすれば、縁の下で船の運用を支えている下士官クラスのトップが「ボースン」と「ナンバン」。名簿には「船務主任」と書いてあるが誰もそんな呼び方はしない。それぞれ boat swain と No.1 oiler の通称で、航海科と機関科の現場のボスである。その威望《いぼう》たるや大したもので、実習生などは敬う事神のごとしという感じである。そのほかに主計科のボスは「補給長」と、これは日本語で呼ばれていた。

西太平洋

出港三日目、船がようやく黒潮の流れを抜けようとしている頃、朝食の後くつろいでいると、船長が船橋に来るようにわざわざ部屋まで呼びに来てくれた。行ってみると見わた

孀婦岩《そうふがん》　標高100m
伊豆鳥島の南80㎞にある孤立突岩

す限りの海原の中に驚くような高さで蝋燭《ろうそく》のような形の岩がそそり立っており、船はその周りを周回しているところだった。「孀婦岩《そうふがん》」という名前だという。急峻な岩壁に節理が形成されている部分があり、火山性の岩であることが分かる。岩肌に白い塗料が流れたように見えるのは海鳥の糞なのだろう。波浪は大分おさまっているとはいえ、岩の周りには白波が打ち付けていた。

後で調べてみると孀婦岩は伊豆諸島の最南端にあって鳥島の更に八十キロメートルも南、東京から八丈島までの距離の倍以上離れている。高さは百メートルで、周囲は八十四×六十四メートル、海底火山の外輪山が海中に突出してできた孤立突岩というものなのだそうだ。こうした絶海の孤島や岩礁はもちろん領海の範囲を決定する地政学上の重要な意味を持っているわけであり、このような地点を見廻るのも海上保安庁の重要な使命であるに違いない。

出港後四、五日すると波も大分穏やかになり船酔いの人達も落ち着いてきた。医務室の中を整理することにし、不要品を倉庫に片付ける。医薬品や医療器具も必要なときにすぐに使えるように収納場所を決めて分類整理した。何しろ看護師も助手もいないのだから医務室のどこに何があるのか自分でわきまえておかなければならない。これで何時怪我人が出ても小手術くらいはすぐに出来るようになった。

とはいえ手に負えない重病人が出たときはどうするか、一か八か挑戦するようなまねはもちろんする必要はない。二年前にはカリフォルニアの沖で虫垂炎の救急患者をメキシコ海軍のヘリコプターで搬送してもらった事があったそうだ。こういう時のために後甲板でヘリコプターが発着出来るのは心強い。

船は北緯三十度の緯度線上を夜も日もなく十六ノットで走り、毎日四百マイル東に進むのでそれに応じて時差の調整のために時計を毎日四十分ずつ進めなければならない。体内時計が微妙にずれるせいか、何となく寝不足感が残る。五月五日にはついに東経百八十度、日付変更線に達した。

ここで何が起るかというと、翌日も五月五日、つまり同じ日付を二回繰り返すのである。これこそは船旅ならではの経験で、実に不思議な感じであった。ジュール・ベルヌ原作の映画「八十日間世界一周」でも最後のドンデン返しにこのトリックが使ってあったのを思い出す。

実習生達の主催で「日付変更線通過祭」が開催され、後甲板に当直以外の乗員が集まった。ここは北にミッドウェー島を望む、かつて日本海軍が大損害を被った海戦のあった海域なので、まず船長の発声で海に向かい黙祷を捧げる。実習生の諸君は皆体育会系で芸達者でもある。負けじと乗組員有志の芸も出る。甲板に車座になって、太平洋のただ中で夕日を浴びながら飲むビールの味は格別であった。

「位打《くらいう》ち」について考えたこと

ところで私は遠洋航海のための百一日間限定の臨時採用の船医なのだが、海上保安庁の練習船では医務官という身分になって、三等海上保安監の階級章さえ授けられ、夏冬両方の礼服とそれに見合う白、黒の皮靴、安全靴、日常用の業務服の一揃いなどを貸与された。三等海上保安監という階級は、佐官クラスの二番目で旧海軍では中佐、海上自衛隊では二佐に相当し、船では船長と業務管理官の二等海上保安監の次にエライ位なのである。階級章も相当派手で、袖章の金のストライプは三本、帽子には俗称カレーライスと呼ばれる金色の錨飾りがついている。こういうコスチュームが好きな人であれば大喜びするに違いない。初めて制服を着た私は思わず一寸舞い上がりそうになって、家族に自慢したくらいであった。

臨時雇いの医師をなぜこのように処遇するのか、ちょっと冷静になって考えてみてハタと気がついたことがある。思うにこれは昔から朝廷が懐柔を事とする時の常套手段として用いた位打ちというやり方の応用ではなかろうか。

その昔、源　義経は平家との戦いに勝利して京に凱旋した時に、ちやほやとおだて上げられ左衛門の少尉《しょうじょう》　検非違使《けびいし》という官位を授けられた。朝廷ではとるに足りない官職であろうが、田舎者の義経には目もくらむような栄耀栄華と感じられたに違いない。そうして後白河法王に手もなく手なづけられて兄頼朝の怒りを買い、身を滅ぼすに至るのである。

例えば義経に対するこういう手段を位打ちと呼ぶ。ついでながら、豊臣秀吉は彼らの思惑に乗って関白に登っておかしくなり、頼朝や徳川家康はこの手に乗らなかったことによって武家政権を確立する事が出来たと考えることもできよう。

海上保安庁が位打ちという言葉を意識しているかどうかは知らないが、私のような何を

臨時三等海上保安監

するか分からない部外者に、とりあえず階級章のついた制服をあてがって、それらしく待遇しておけば、本人もその気になって自ら規律やそれなりの容儀を守るようになり、みっともないまねも出来なくなる、という効果は織り込み済みであろうと想像できる。

　こうして考えてみるとこれはなんと賢いやり方ではないか、本人は機嫌よく働くようになる上に行儀はよくなる、実害はないし、他所から苦情の出る気遣いもない。これは応用範囲の広い人間操縦術だなと、被《ひ》操縦者《そうじゅうしゃ》の立場ながら感心した次第であった。もっともこんな事は世の会社経営者や組織管理者から見れば、何を今更、の認識ではあろうが。

　ところで私の立場である臨時医務官の「臨時」は英語で言うと“temporary”テンポラリーとなる。戦前よくいたらしい偽学生を「テンプラ学生」と呼んだように、外側だけはそれらしく装って中身は偽者という意味の「テンプラ」と見事に暗合しているではないか。ダジャレ小父さんの考えそうなことではあるが、鏡に映るわが制服姿に向かって「テンプラ医務官」とつぶやいて、一人笑ったのだった。

ホノルル入港

ホノルル

出港から十二日目にハワイ諸島のオアフ島が近づいてきた。高いビルが林立するホノルルの街の右手に大きな冠状の山の断崖が見えるのが音に聞くダイヤモンドヘッドか、その裾野をなす砂浜がワイキキ海岸なのだろう。船は防波堤を回って市街地に面した岸壁に接岸した。すぐ目の前に一九二六年に建てられたホノルル港のシンボル、アロハタワーがアールデコの優雅なたたずまいで立っている。ここには五日間滞在の予定。医務官の仕事は入港中は休みで、自由に行動して良いことになっている。その代わりその間は日当も出な

ホノルル港の埠頭　左側のビルがアロハタワー

いのだそうで、日雇いの三等海上保安監なのである。

　代理店が来て、滞在中の市内電話が使えるように回線をセットしてくれたので、旧知のホノルル在住のＩ先生に電話してみると、喜んでくださって早速会うことになった。翌朝、船までご夫婦で来てもらって船内を案内する。先生はハワイ大学の教授を定年で辞めた後に、佐世保の大学に招かれて七年ほど佐世保在住だったので、その頃市内のジャズの店で知り合ったのである。奥さんはチャーミングな日系三世で、日本語はあまり得意でない。Ｉ先生は元々日本人で、アメリカに帰化した人である。

船橋から見える港内は、真珠湾攻撃の時代のハワイを舞台にした名画「此処より永遠に」のラストで、傷心のヒロイン（デボラ・カー）が船出して行くシーンが撮影された時とあまり変わっていないのだと教えてもらった。

早速奥さんの運転する車に乗り込んで島の東海岸をドライブ。ダイヤモンドヘッドの南側には高級住宅が立ち並んでいる。最近は米本土からこの辺りに移住する金持ちが増えて、オアフ島の地価は高騰しているそうだ。ダイヤモンドヘッドの山頂近くにあって、今も大切にされているハワイ先住民の聖地を見学して、北西側にある先生がかつて教鞭をとっていたハワイ大学のキャンパスを一回りする。東海岸は溶岩によって形成された奇勝絶景が続き、砂浜も美しい。今は観光に絶好の季節だが、ちょうど日本の連休明けなので観光客が去った後のシーズンオフに当たっていてどこも人影はまばらだった。

カイルアという所にある、日曜だけ一般開放されるという軍専用のビーチで海をながめながら昼食。ハワイ大学キャンパスの近くのベトナム人の店で買ったサンドイッチはフランスパンに挟んであるサラダの香草が芳しく、空きっ腹でもあったのですばらしくおいしかった。このエスニックな香りの元はパクチーというせり科の野菜である事を知って、これ以来すっかり虜になってしまった。

帰りは島の北東部からオアフ島の二つの脊梁山脈の間を越えてホノルル市街へ。峠にあるヌアヌ・パリ展望台は一年中強風が吹き上げる名所で、自殺しようとして飛び降りた人が風で押し戻されたという法螺話《ほらばなし》がまんざら嘘でもないように感じられた。

市内に戻ってワイキキ海岸のホテルのデッキバーで海に落ちる夕日を眺めながらゆっくり疲れを癒す。マイタイという当地のオリジナルカクテルは一寸私には甘すぎるけれどハワイアンミュージックの演奏を聞きながら飲むのには適っている。

翌日もつきあってくださるというのでお言葉に甘えて船長と業務管理官の二人も一緒に午後から北西海岸へ向かう。広大な畑地はかつてサトウキビ農園の緑で覆われていたと聞くが、今はハワイの砂糖産業は壊滅していて、昔の精糖工場の跡が残るばかり。パイナップル畑をところどころで見かけたが、主に地元向けに出荷されるものだそうで、大規模プランテーション式の農業は今は成り立たなくなったのだろう。ドール観光農園でパイナップルを味わったあとに、マツモトシェイブアイスという、人気のかき氷の店に連れて行ってもらった。注文した宇治金時はSサイズがもて余すほど大きい。こんなのを食べるのは何十年ぶりだろうか。

おすすめのタイ料理店で夕食をとりながら日本からの三人がI先生といろいろな話をする。先生は日本語で会話することに飢えているのだそうで、実に精力的に話をする。例えばハワイの日系三世、四世のほとんどが日本語を話せなくなっていることについて。

典型的な例が先生の奥さんで、奥さんは六十歳台でハワイ大学出身の才媛なのだが、日系二世の家庭に育っていながら、先生と結婚するまで家庭で日本語を使って会話することはなかったという。それはなぜか。一九四一年十二月八日、ハワイ時間では七日、真珠湾奇襲攻撃で太平洋戦争が始まった時にハワイの日系人社会がどのような被害を被ったかを知ればその答えは自ずと知れる。ハワイの日系人たちは祖国から一顧の慮《おもんぱか》りだに与えられず、あの日突然切り捨てられたのであった。

財産を没収され、敵国人として収容所に追われ、罪人扱いを受けた日系人たちが生き残る道は、若い二世、三世たちが兵士として米国に対する忠誠を示すことにしかなかった。日系人だけによる部隊が編成され、ヨーロッパ戦線に送られた。そして死傷率が全米の部隊中一番高かったという過酷な前線での戦闘で、犠牲と引き替えに勲功に輝いて、彼らはハワイに戻ってきた。その中からは連邦議会の上、下院議員や州知事を始め、多くの名士が輩出している。米国市民として生きる道を選んだ彼らは、もはや子供達に日本語を習得させようとはしなかったのである。

なるほど、その後短い滞在期間に六十歳台と思われる日系人に数人会ったが、皆日本語は話せなかった。戦前に教育を受けたといえば七十五歳以上ということになるのか。残念ながらその年代の人と話す機会はなかった。

オアフ島北東海岸の絶景

タイ料理店でのくつろいだ夕食の後、近くのI先生の新築の自宅に案内して頂いた。ベッドルームが三室ある、広い間取りの家を見せてもらい、ソファでワインを飲みながら話の続きをする。話題はこの家をいかにして手に入れたかという物語である。

先生は佐世保での七年間の教職を最後に仕事をリタイアして、かねての望みであったパリでの生活を始めたのだそうだ。先生の専門はフランス語教育なので実益を兼ねたものでもあったのだろうが、何しろ物価の高い街だから、芝居や音楽を楽しんだりすれば、質素に暮らしてもそれまでの蓄えは早くも二年ほどで底をついた。ハワイに戻って来たときには年金だけが頼りの生活であったそうだが、それでも二人は家を手に入れようとする。日本人の常識ではまず無理な話に思えるが、現に今住んでいる邸宅が手に入っているのだ。

からくりはハワイの金融商法にある。家の価格は、もちろん二人の残る一生で払える額ではない。しかし銀行は、二人が年金から生活費を差し引いた額を払い続けることを条件に融資を行い、二人の内の一人でもが元気な間はその家に住み続けることを認めるのである。その後は残った借金のかたに家屋敷は銀行のものとなる。もちろん子供への相続はない。

このシステムは年金が十分高いことが前提ではあろうが、なかなか合理的ではないか。我々日本人は何かといえば老後のための蓄財とか子供に残すものを、などと考えるが、元気な間に楽しみたいことはすべて実現し、死ぬときには家族に迷惑はかけないが、何も残さない、というアメリカ式はすっきりしていて羨ましくもある。

ハワイの山歩き

休養日の一日、船長の発案で業務管理官と三人、早朝からの半日山歩き観光を申し込んだ。シーズンオフでも定員一杯の十人が集まってバンに乗り込んで出発。市街地を望むタンタラスという四百メートルくらいの低い山だが、熱帯気候なので植生は豊かである。日本人の女性ガイドが植物や固有種の小さなカタツムリなどを丁寧に説明してくれる。ハワイの植物は、元々の固有種、千年くらい前にハワイ人の祖先が南太平洋の島から移住してくる時に持ち込んだタロイモなどの生活の為の植物、一七七八年のキャプテン・クック来航以来の外来植物の三種類に分けられるそうだ。

自生しているコーヒーの木から零れ落ちた実が足元に散らばっていて、豆から出た根がもやしのように伸びている。野生種のショウガ、アボカド、肉桂、下剤や洗剤として使うというククイの実など三時間ばかり歩く内に沢山の熱帯植物を教えてもらった。山の頂上ではかなたのダイヤモンドヘッドの頂を見下ろして写真を撮る。運動不足の体にとってちょ

タンタラス山から眺める、ホノルル市街、ダイヤモンドヘッド、太平洋

うど良い、快適な体慣らしになった。

ハワイ州は自然保護に力を入れていて、この短いツアーでも入山の時には街の土を持ちこまないように靴底の泥を落としてからゲートをくぐる決まりで、植物の多くは採取禁止になっている。入山は一日の人数が制限されていて、ツアー料金の数パーセントは環境保護のための税金となっているのだそうだ。

戦艦ミズーリ記念館

ハワイ滞在四日目、希望者を募って、真珠湾の中に係留され、記念館になっている戦艦ミズーリの見学に出かけることになった。学生と乗組員二十五名ほどが、制服を着用してバスに乗って出かける。五万トンの戦艦はよく手入れされていて現役の時の姿をそのまま留めて軍港の岸壁に繋がれていた。

戦艦ミズーリはアメリカの軍艦の中でも特別の数奇な軍歴を持った艦である。太平洋戦争中の一九四四年にアメリカ最後の戦艦として就役し、硫黄島、沖縄本島、さらに日本本土の室蘭製鉄所に対する艦砲射撃などを行っている。

一九四五年八月十五日に日本がポツダム宣言を受諾した後、大日本帝国政府および帝国陸海軍の連合国に対する降伏文書調印式が九月二日、東京湾に浮かぶこのミズーリ艦上で行われたのである。ミズーリの甲板の床板にはそのことを記念したプレートがはめ込まれており、調印式の模様を写した写真のパネルが数枚展示されていて日本語の解説もつけて

記念館になっている戦艦ミズーリの甲板。その広さに驚く。

あった。日本側の代表団は全権が外務大臣重光葵《しげみつまもる》、この人はかつて上海で爆弾テロに遭い、片足を吹き飛ばされたので義足をつけ、杖を突いている。外務省の三人はフロックコートにシルクハットを着用、陸海軍の軍人達はもちろん軍服姿ながら、軍刀を外しているので一層頼りなげに見える。この一団が、世紀の一瞬を見ようと黒山のようにデッキに鈴なりになっている兵隊たちの中を、見世物さながら、調印の机に向かっている様子が写されている。マッカーサーの演出であろう、こういう屈辱的な場面の映像が必要だったのだ。

日本語で説明をしてくれる案内人から面白いことを聞いた。この戦艦は進水式にあたってミズーリ州選出の上院議員ハリー・S・トルーマンの娘によって「ミズーリ」と命名された。その後トルーマンはフランクリン・ルーズベルト大統領の下で副大統領に指名されるのだが、直後にルーズベルトが急死したために第三十三代大統領に就任するのである。降伏文書調印の式場に戦艦ミズーリが選ばれたのは、もちろんミズーリ州選出で、この艦にゆかりの深いトルーマンの指示によったのである。大統領も選挙区への気配りが大変なのだ。

ミズーリはその後退役がほとんど決まっていたのをトルーマンの希望で延命し、そのうちに朝鮮戦争が始まって仁川上陸作戦で活躍する。

一九五五年いよいよ退役が決まり、太平洋予備役艦隊に編入されて西海岸ブレマートンの桟橋に係留され、見学者達を迎えるだけの長い年月が始まった。

ところが一九八六年、アメリカ海軍の軍備増強計画によって、ミズーリは三十年ぶりに再就役することになるのである。トマホーク・ミサイル、ハープーン・ミサイルを始め、最新の電子機器が装備されて、復活したミズーリは世界中の海に星条旗を示す航海に出発する。

そこに起こったのが一九九〇年のイラク軍のクウェート侵攻である。ミズーリはイラク領内に向けて二十八発のトマホーク・ミサイルを発射し、イラク軍拠点に主砲の砲弾を撃ち込んだ。一九九一年二月、湾岸戦争は終結する。のみならず同年十二月には、あろうことかソ連が崩壊するのである。この事態に伴う大規模な軍備削減により、ミズーリは再度退役する。そして一九九九年、真珠湾に係留されて博物館となって今日にいたるのである。

ミズーリが係留されている場所は、かの真珠湾攻撃の際に戦艦群が係留されていた場所で、前方には千人以上の戦死者と共に沈没したままの戦艦アリゾナが横たわっている。そのメインマストに今も掲げられている星条旗を守るように、コンクリート造りのアリゾナ記念館が沈んだ艦体の上に設置されていて、「リメンバー　パールハーバー」の象徴であり続けている。

ハワイ滞在最後の日、午後二時の出港予定なので午前中ワイキキ海岸まで歩いて泳ぎに行こうと思う。手前のアラモアナの海岸から美しい砂浜が長く伸びていて、どこでも好きなところで泳ぐことが出来る。少し沖に築いてあるテトラポットの防波堤を越えてボードを漕いで波乗りに向かう人もいるが今日は波が静かだ。一年ぶりで泳いだせいか、力泳のつもりがなかなか前に進まず、すぐに疲れてしまった。浜辺のところどころに設置してある無料のシャワーを浴びて、満足して船に帰った。乗組員たちは最後の積み込み作業で忙しそうだ。

船橋では航海科の実習生たちによる運航が行われている。

東太平洋

ハワイを出ると次の寄港地プンタレナスまでは十三日の長丁場である。黒潮の洗礼ほどではないにしても、何しろ太平洋のただ中、気圧の変化によっては波の大きな日もある中で、実習生達には連日いろいろの訓練が待っている。六分儀を使っての天測や夕刻の船内巡検は毎日の日課であり、各科ごとに当直がある。搭載艇の、甲板からの揚げ降ろしの訓練は数回行われた。航海科は航路の計測や本船の操船訓練、機関科は燃料消費の計算や、突然の電源喪失に対応して、原因を発見し回復させる訓練（抜き打ちでおこなわれ、この時は船内の一切の電源が一時使えなくなる）、小銃射撃訓練、各部署での消火訓練など、課題が一日の休みもなく組んである。このほかにも私が見なかった訓練がいろいろ行われたはずだ。側で見ていても過酷な毎日だが、これに耐えることが彼らのシーマンとしての成長の糧となるのである。

ハワイから四人のお客さん達が乗ってきた。アメリカ合衆国コストガードアカデミーの学生四人組で、今年は全員女性である。これからＮＹ（ニューヨーク）までの二十日あまりを日本の巡視船に乗り組んで体験実習をするのだという。こうした交流を兼ねた研修が、機会があるたびに行われているのだそうだ。日本の実習生達と同年配であり、乗船中は日米が相部屋となって生活を共にする事になる。

健康チェックのための面接の機会があったので、どこから来たの？　と聞いてみると「カナディカ」という返事、さてどこの事やらん。紙に書いてもらうと、“Connecticut”ああコネチカットね。ボストンとＮＹの間に挟まれたこの州のニューロンドンという歴史ある港町に、米国コストガードアカデミーの校舎があるのだそうだ。この学校にある三本マストの「イーグル」というバーク型帆船は有名で、船齢八十年ながら現役で活躍しており、彼女たちも乗り組んで練習航海に出ているという。本船では食事も特別扱いはなく実習生と同じ献立が供される。毎度米食で、味噌汁や焼き魚はつらいだろうと一寸心配ではあったが、これも他では出来ない良い経験ではある。四人とも元気いっぱいのヤンキーガール達で大いに交流を楽しみながら過ごしたようであった。

太平洋のただ中でも、どこからか鰹鳥が飛んできて船首の手すりに群がっている。舳先が波を切る時にトビウオが驚いて跳びあがるのを狙っているらしく、跳びあがる瞬間を巧みに捕らえては手すりに戻って一休みし、また飛び立つ。おかげで船首の周りは鳥の糞だらけになってしまう。鰹鳥は別格としても、大海原の真ん中では鳥の訪れが愛おしく感じられるらしく、何年か前には渡り鳥を餌付けしてしばらく飼っていた航海士がいたそうだ。

運動不足になりがちなので皆色々工夫しているようだ。航海中は毎日十二時半から後甲板で録音に合わせて体操がある。「海上保安体操」という、手旗信号のようなトリッキーな動作が入った独特の体操。実習生はもちろん、乗組員も手空きは皆出てきてやっている。波浪の強い日には体操の間、船を風上に向けて走らせ揺れないようにしてくれる。船底にある休憩室には筋肉トレーニング用具も用意されていた。

私は縄跳び紐を持参していて、甲板でやってみたが、風と揺れの中ではうまくいかないのでこれはあきらめて、体操の時間の前後にランニングと早歩きをするようにした。甲板一周二百メートルを七周ほど。気分転換をかねて結構良い運動になる。

あるよく晴れて波の静かな日、雲がほとんどない水平線に夕日が沈もうとしていた。天

搭載艇揚降訓練

気が良くてもこういう条件に恵まれる日は意外に少ないものである。日の没む水際を双眼鏡で凝視していると、落日の瞬間、緑色の閃光が今しがたまであった太陽を隈取るような眉のかたちに輝いた。グリーンフラッシュと呼ばれる現象である。それはほんの一瞬あらわれて、数秒後には夕焼けの茜色の中に消え去った。たまたま船橋に上がった時にこの瞬間を見ることが出来たのは大いなる幸運であったらしい。その後日没の時には注意していたのだが、航海中二度目を見る機会はなかった。

大成丸航海のこと

こじまは海上保安大学校の分校みたいなものだから船内には立派な図書室が備わっている。暇に任せてあちこちと本棚を整理していたら、一番下の棚の奥の方からほこりだらけの掘り出し物が見つかった。菊判六百ページの大冊で、表紙には太刀雄著「海のロマンス」というタイトル。開いてみると巻頭に美しい帆船の写真、大成丸とある。この本のことは偶々最近やはりこの図書室で読んだ石渡幸二著「艦船夜話」の中の日本の帆船紹介記事に載っていたので覚えていた。確か明治時代の東京高等商船学校の練習船大成丸の航海記であった筈である。

それにしてもそんなに古い本がなぜここにあるのか。ページを捲ると旧仮名遣い総ルビ付きの何とも古めかしい活版印刷なのだが、装丁や紙質は新しいのである。驚くことに夏目漱石の序が付いている。奥付によって大正三年二月に東京神田誠文堂から発行された初版が、昭和五十九年に日本海事広報協会によって復刻されたことが分った。恐らくその時に海上保安大学校が購入したのだろう。

読んでみると、二千四百二十四トンのバーク型四本マストの大成丸は、明治四十五年七月から大正二年十月まで、実に四百五十六日、三万六千四百海里に及ぶ大航海を主に帆走でなし遂げているのである。途中北米サンディエーゴから南アフリカ・ケープタウンまで百十七日間無寄港というのは、我々の本航海の全行程が百一日、二万五千海里余りであるのに比べても気の遠くなるような耐乏の航海であっただろう。途中船長が病気で交代したり、寄港地が変わったり、ケープタウンからセントヘレナ島、リオデジャネイロに引き返して又喜望峰に向かったり、色々と多難な航海であったようだ。百五十名の訓練生徒の内の二名が壊血病で、航海士一名が急病で死亡するという痛ましい犠牲者も出している。

この本は大正期のベストセラーになったそうで、これを読んで商船学校や海軍兵学校を志願する若者が増えるという影響まであったという。著者の米窪太刀雄は本名満亮、この航海の訓練生徒の一人であった。のちに日本郵船の船長になりながら、海員の悲惨な待遇の改善を求めて労働運動に挺身し、会社を首になった。戦後の片山内閣の時に初代の労働大臣になったが、閣僚になっても公用車などは使わず、専ら電車に乗るような快男児だったらしい。

私は昔の活字本を読むのは余り苦にならないほうだが、この本は、修飾過剰と言いたいほどの美文調で書いてあるので、つきあうのに骨が折れた。漱石も序文で内容を褒めながらも、美文調のところは自分の悪い所ばかり真似ていると苦言を呈している。それにしても、当時まだ二十三歳であった著者の、古今東西に渡る博学知識、語彙《ごい》の豊かさ、世間智の老成ぶりには全く驚かされる。日本語の文体がまだ定まっていなかったこの時代には、こんな文章がもてはやされたというのを知った点でも面白い発見だった。

大成丸は終戦まで生き残ったものの昭和二十年十月に神戸港で機雷に触れて沈没したそうだ。残っていれば保存された姿を我々も目にすることが出来たであろうに残念である。

ついでながら、船の図書室には以前から探していてなかなか見つけられなかった本や、初めて読んで感激した未知の著者の本が何冊もあった。古本屋巡りの楽しみまで味わわせていただき全く有り難いばかりである。

プンタレナス

コスタリカという国の名前は聞いたことがあっても、行ったことのある人は少ないだろう。中米のパナマの隣にある九州と四国を合わせた位の広さの国である。今年はこの国と日本の修交八十周年に当たるのだそうで、本船は現地大使館の要請で、その祝賀行事に参加する使命を帯びているのである。

太平洋に面したプンタレナスという町は、スペイン語で「砂の岬」という意味であるそうだ。その名前が示す通りここには入り江はなくて砂浜から沖に向けて橋桁のように張り出した桟橋があるばかり、桟橋は一日中潮に洗われている。こんなところに船を繫留すれば、潮の干満につれて、船が桟橋に押しつけられるのを防舷材で防ぎ、引き離されるのをロープで繋ぎ止める、という作業で甲板員は忙しい対応を強いられることになる。この桟橋に滞在中、航海長以下のスタッフは気の休まることがなかったであろう。

船長と業務管理官の一行は大使館員に付き添われて首都まで挨拶回りに出かけていく。

コスタリカのプンタレナスに到着。砂浜から張り出した桟橋に係留した。

緑豊かなウォーターフォール　ガーデン

首都のサンホセは海岸から車で二時間ほどの高地にある人口三十万人の近代都市だそうだ。こちらは暇なのでプンタレナスの町歩きに出かけることにする。ごく狭い街で昭和四十年代の日本を思い出すような風情である。マーケットでパパイヤ、ココヤシ、ライムなどを買った。さすがに果物は安くて美味しい。

休養日にバス二台を仕立てて当直者以外の全員で観光地巡りに出かけることになった。高さ最大四十メートルの滝が四重に掛かっている所にあるウォーターフォールガーデンという遊園地では、温室の中を無数にとびまわる熱帯の蝶々や昆虫、野外に蜜で餌付けされた蜂鳥などが目を楽しませてくれる。ビュッフェで昼食。名物のコス

プンタレナス市内で開かれた「日本祭り」

タリカ料理はインディカ米のご飯に豆のスープをかけ、これに肉や魚、ゆで野菜などを添えて食べるというスタイル。香り高いコーヒーによく合ってなかなかおいしかった。

遊園地の次は又バスに乗ってコーヒー農園に移動。コーヒー豆が栽培されて製品になるまでの工程や、コスタリカコーヒーの特徴について農夫の衣装を着た男女が掛け合い漫才で説明してくれた。色々な種類のコーヒーや土産物を売る売店は大繁盛、店員さんは大喜びで、おまけを沢山くれた。

翌日はプンタレナス市内の野外会場で「日本祭り」が開催された。近在から集まったのであろう、大変な人出である。日本側からは実習生による剣道、柔道、空手の模擬試合、餅つきなどが披露され、海上保安官の張りぼ

海賊コスチュームで楽しむ女性達

て人形が愛嬌を振りまいている。現地側からは華麗なスパニッシュダンス、歌、又別のダンス、地元の剣道道場メンバーの演武などが演じられて夕刻まで盛り上がっていた。スペイン系の娘たちが伝統的な衣装を身に付け、明るい音楽にあわせて踊る姿は誠に美しい。

日が暮れる頃から船の後甲板でレセプションが催され、船長以下実習生まで白い制服に着替えてお出迎えする。名士方が婦人や令嬢同伴で大勢やって来た。日本大使、船長の歓迎挨拶に応えて、コスタリカの大臣、国会議長、沿岸警備隊長などの演説がある。握り鮨をはじめ主計科心尽くしの日本料理と実習生らのパフォーマンス披露などのおもてなしでお客さん方には大変満足していただいたようだった。

医務官の仕事

プンタレナスの沿岸警備隊の隊員達と実習生の間で行われた親善バレーボール試合の最中に、実習生U君が足首を捻挫したという。コートはコンクリートにペンキを塗った固い床で、着地の際に足が絡まって捻ったのだそうだ。夜になって痛みが引かないというので診てみるとひどい腫れ上がり方で、ただの靱帯断裂ではなく骨折している可能性が高いと思われた。医務室に収容し、足首を固定して挙上し氷で冷やす。

翌日大使館の女性書記官にお願いして現地の診療所に紹介してもらい、レントゲンを撮ってみると、幸いなことに距骨の靱帯付着部の剥離骨折で、大きな転位はない。手術はせずに何とかギプスで治療できそうだ。かようなこともあろうかと、プラスチックギプスとギプス用鋏をはじめ必要な付属品一揃いを持参していたのが役に立つことになった。

幸運にも大使館の倉庫から松葉杖が偶然見つかり、譲って頂くことができて助かった。腫れが引くのを待って五日後にギプスを巻き込み、歩行できるようにした。

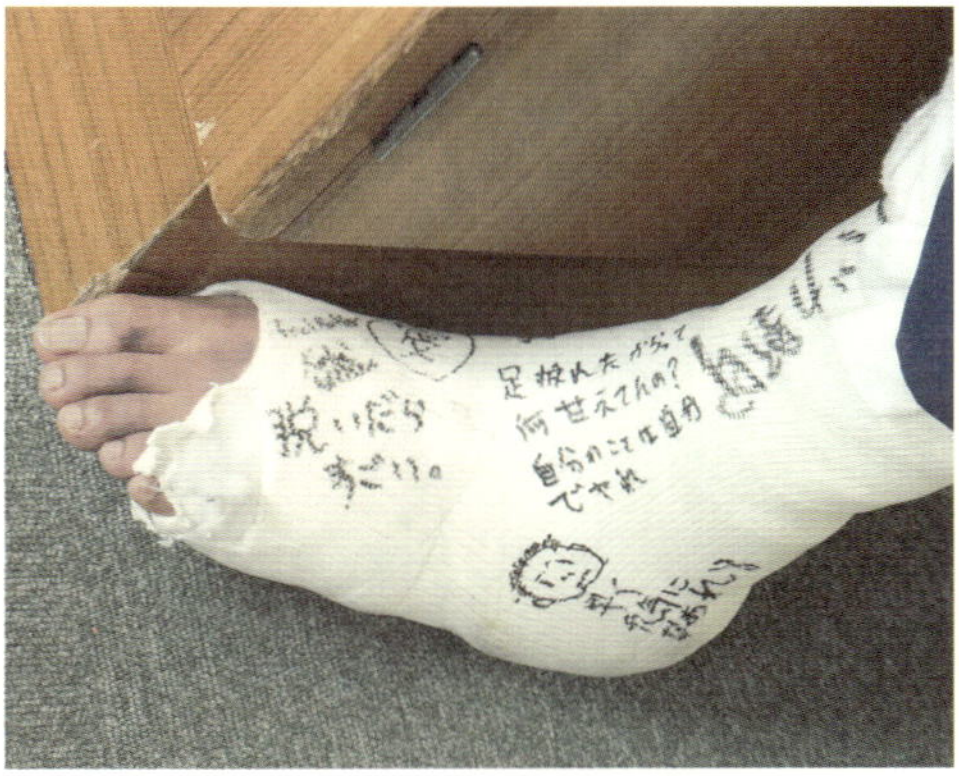

足関節剥離骨折のギプス治療。無事完治した。

後日ギプスを外す時が大変で、もちろん専用のギプスカッターは無いのでボースンに貸してもらった鉄板用の小型グラインダーを使って、防塵ゴーグルを着けて奮闘し、何とか切り外すことができた。こうしてU君は松葉杖をつきながらも実習を続けて、帰港時には普通に歩けるまでに回復したのであった。

医務室を訪れる受診者は平均毎日一人弱といったところ、風邪、咽頭炎、腰痛、船酔い、口内炎が多く、指の切り傷、中手骨骨折、歯槽の骨髄炎もあった。医務室に収容して看病した、言わば入院患者に当たる者は五名であった。

U君を除けば一番受診回数の多かったのは他ならぬ私自身という事になるかもしれない。プンタレナスに着く頃から右手の薬指のバネ指症状が段々強くなって来て、書き物を続けた後などには思うように指が伸びなくなってきた。痛みも出てきたのでステロイド剤と局所麻酔剤を混ぜて右指の腱鞘に左手で注射して、アルミニウムの指用副子を当てる。

安静にしておくと軽くなるのだが、使うと再発する。右手を使わない訳にもいかないのでたびたび注射を繰り返すことになった。腱鞘炎の手術は十五分もあれば終わる小手術なので、これが他の誰かの指なら簡単に直せたのだが、自分の右指を左手で手術する気にはならなかった。船長が、「私は器用だからいくらでも手伝いますよ」と言ってくれたので、左指を右手で手術するのだったらそれほど難しくなかっただろうと思う。鎮痛消炎剤を服用したり、指に負担をかけないようにして何とかもたせて、手術は帰ってからの事になるだろう。

後日譚になるが、帰国後早速、手の外科担当のU先生に腱鞘切開手術をしてもらったのだが、ステロイド注射を六回も打った為にひどい癒着が生じていて、結局二回の手術が必要だった。(教科書にもばね指のステロイド局所注射は二回までと書いてある)

パナマ運河

コスタリカには足かけ六日間滞在し、五月三十一日盛大な見送りを受けながら離岸した。航海長以下の係留スタッフは、船腹の塗料が傷ついたくらいで、船体には何事もなく済んでさぞかしほっとしたことだろう。

早くも六月二日午前九時にパナマ運河に達した。半日待機して暗くなった頃にようやくパイロットが乗船してくる。途中通り過ぎたパナマ市街は、高層ビルが林立してたいした都会と見えた。

パナマ運河は長さ八十キロメートル、船は海抜二十六メートルにあるガトゥン湖まで三つの閘門《こうもん》によって一旦引き上げられ、湖と掘削した水道を通って導かれた後、再び三つの閘門によって降ろされて大西洋側に出るという仕組みになっている。各閘門は長さ約三百メートル、幅三十二メートル、とても広い感じはしない。ここを通る大型の民間船はもちろん、アメリカの戦艦や航空母艦でさえ運河の幅にぴったり合わせた「パナマックス」と

パナマ運河の閘門。前方の門扉が開いている。

閘門の両側から船を牽引する豆機関車は日本製。

呼ばれるサイズに造られているそうだ。閘門の中を移動するときには両岸から豆機関車がワイヤで船を引っ張って進む。線路に歯車の仕掛けがあるらしい。相手が巨大タンカーでもこの小さな機関車がこびとの国のガリバーのように数台かかって引くのだそうで、健気なものだ。この強力な豆機関車は日本製だと聞いて一寸嬉しい気がした。

パナマ運河は現在拡張工事の最中で、来年中には閘門の横にバイパスが完成してもっと幅の広いタンカーでも通行できるようになるらしい。工事の様子も見たかったのだが、折角の運河も夜のこととて陸の様子は照明灯が照らす範囲がぼんやり見えるばかりでつまらない。一旦眠って早起きすることにする。

寝ぼけ眼で起き出すと夜明け前の薄明の靄の中からボートが近づいてきて、パイロットが下船するところであった。船は最後の防波堤をかわして朝のしらしら明けの頃にカリブ海に抜けた。

カリブ海

カリブ海を北上してキューバとハイチの間の海峡を目指す。このあたりは一昔前には魔のバミューダトライアングルなどと呼ばれたものだったが、そういえばこの頃はこの言葉を聞かなくなった。人工衛星が隙間なく地球上を監視しているご時世には謎の海域などあり得なくなっているのだろう。

航海してみると、なるほど太平洋並に時化る海で、棚から物が落ちてくる。連日続く時化のために不眠症になった乗組員もいたようだ。水深四千メートルもある深い海域で波が高く、海難も多かったのだろう。中南米とヨーロッパを往復するスペイン船を狙ってカリブの海賊が出没したところでもある。

NY入港を前に船長が床屋を開店して希望者の散髪をしてくれる。便利なバリカンがあって、頭の横っちょと後ろの髪の伸びたところを刈り取って、形を整えてもらって十五分くらいで終了、なるほど器用なものである。当方は前髪と頭頂部は刈る必要がないのでひときわ簡単なのは好都合であった。

ＮＹは初めて行く街で興味津々である。世界の都市物語シリーズの猿谷 要の「ニューヨーク」、司馬遼太郎の「ニューヨーク散歩」などを読んで情報を仕入れる。どちらも二十年も前の発行だから買い物の役には立たないが、歴史や名所旧跡を知るには格好の読み物である。

ＮＹ

六月八日にアメリカ合衆国の領海線に達して一晩待機し、翌早朝にＮＹ港のパイロットを迎えた。港外には点々と小島があって、石造りの砦の跡が残っている。ＮＹ湾入り口の海峡に高くかかる長大なベラザノ・ナローズ橋をくぐり抜けると、湾の奥の方にマンハッタン島の摩天楼群がかすかに見えてきた。双眼鏡を向けるとその左の方にきらきら光るものがあるのは、自由の女神像が右手に高く掲げる松明に塗られた金色なのだった。船が港

NY 入港。マンハッタンのビル群と自由の女神像の遠望

に近づくに連れて摩天楼を背景に女神像が刻々と大きく見えてくるのは、この港の印象を鮮烈にする心憎いばかりの演出効果である。

船はマンハッタン島の右手に向かい、ブルックリン橋の手前、ロングアイランド島の西北端の埠頭に着いた。ここはNYを楽しむには至って便利な場所にあって、埠頭に降り立ってブルックリンの町並みを十分ほども歩くと地下鉄の駅がある。電車でイーストリバーをトンネルでくぐり抜けると、そこはマンハッタン島の南端のグリーンボール駅である。

NYには五日間滞在の予定。ハワイのI先生が「NYに行きたいのは山々

国連本部前で記念撮影

だけれど、ホテル代が一泊最低三百ドルもするんだから年金生活ではままならんよ」とうらやましがっていたのを思い出す。我々は船内居住だから有難いことにホテル代は要らないわけだが、その代わり船の繋留代が二万ドルだそうだ。

到着初日は午後からマンハッタン島の南端のバッテリーパークから遊覧船に乗って、エリス島にある移民博物館に向かう。遊覧船は最初に女神像のあるリバティ島に寄るので大方の乗客はここで降りるのだが、人混みはなるべく敬遠して目的地のエリス島に直行することにする。

かつてロシアや東欧、アイルランド

を始め世界中からの移民がエリス島にあった入国管理事務所を通って、ここから全米各地に旅立って行った。NYに留まった人ももちろん多かった。最も多かった一九〇七年には年間百三十万人がこの島に辿り着いたと記録されている。多くのアメリカ人たちにとって、この場所はファミリーのこの国における原点、保たれるべき記憶として大切なものであろう。受付の順番を待つ様々な民族衣装を着た人達や、彼らが乗って来た船の写真が多くパネルに展示されていて、往時の雰囲気が偲ばれる。

帰りにはバッテリーパークのすぐそばのウォール街を回って、ブルックリン橋の南側の古い建物が並ぶ波止場街に足を運ぶと、賑わっている筈の建物は閉鎖されて寂れた場所になっていた。船の図書室にあった十年前の「地球の歩き方」にはお勧めの場所と書いてあったのだが、古い旅行案内に頼ってはいけなかった。仕方ないので行き当たりのバーに入って蝦とアボカドのサラダをつまみに地ビールを二杯。船に帰った時にはすっかり疲れていた。

二日目は実習生諸君に同行して、白の制服制帽を着用し国連本部とアメリカ沿岸警備隊の海上交通管理センターの見学に出かける。

国連本部では厳重な安全検査を受けたあと、日本語の上手な職員に引率されて国連総会と安全保障委員会の議場を見学。全くお上りさんの体裁だが、こんな機会でもなければ簡単には入れない所なので貴重な経験であった。列を作って歩いていると通りすがりの観光客がどこの海軍だと聞いてくる。三年前には、同様の制服姿で実習生一行が歩いていたら、デモに来ていた人権団体のグループから突然食って掛かられたことがあったそうだ。中国海軍の隊列と誤認されたらしい。そんな目に遭うことばかりは御免被りたいものである。

帰りのバスを待つ間に国連ビルの地下の土産物売り場をのぞいてみると、国連のロゴの入ったネクタイを手頃な値段で売っていた。ここはＮＹ土産を仕入れるのには隠れた穴場なのだそうだ。十本ばかり買って留守番スタッフ達へのお土産とする。

メトロポリタン美術館

三日目はメトロポリタン美術館に行くことにする。八十六丁目で地下鉄を降りてセントラルパークに沿って歩くとすぐのところ。朝十時の開館の一寸前で、行列ができている。一般の入場料は三十ドルだが六十五歳以上は十八ドル、三ヵ月前に六十五歳になったばかりだけど、などと申告する必要はもちろんない。音声ガイド七ドル。入口にそう表示してあるので、観光客は皆受付をして入場料を払っているが、ふと傍を見ると、地元の人らしい連中は平気な顔で通り抜けて入っていく。実は入場料は基本的には無料で、払うのは「こころざし」ということらしい。美術館の莫大な運営費用の大部分は企業や資産家たちの寄付で賄われているので、一般の市民はその恩恵を受けてよいのだ、という建て前なのだろう。合衆国の市民でない私はもちろんこころざしを払います。

順路の案内などはないので、何を見るのかを決めておかないと、広大な館内の膨大な数の美術品の中で途方に暮れる事になる。

とりあえず音声ガイドに従って、入り口から右に向かって古代エジプトの部門に向かう。おびただしい数の彫刻、石棺、象形文字の描かれた石碑などが並んでいる中を通り抜けると、開けた空間に大きな神殿が現れた。かつてアスワンダムを造るときに遺跡の保護を援助したお礼に、エジプト政府から、このデンドゥール神殿がそっくり丸ごと贈られた、と説明がしてある。

ここまで来るのにすでに大分疲れたので、一階の他の展示は割愛して、二階のヨーロッパ絵画に向かう事にする。年代ごとに回廊が分かれていて、レンブラントだけで数十点、フェルメールが「水差しを持つ若い女」をはじめ何と五点、これはこの美術館の至宝であろうと思うが、べつに特別扱いするでもなく、他の絵と並べてさりげなく掲げてある。し

メトロポリタン美術館所蔵のフェルメールの「水差しを持つ若い女」

かも近づいて写真撮影するのも自由である。こうも普通の扱いだと有難味もなくなるのか、フェルメールの前に人が群れているという事もなかった。

エルグレコ、ベラスケス、ドラクロア、ゴヤ、クールベ。いずれも数点以上ある。ターナーが四点。印象派に至っては展示室が三十室。これだけでもゆっくり見たら半日はかかる。我が家にも印刷の複製の額が掛かっているルノアールの「ピアノを弾く姉妹」の、違うポーズの二枚がある。

お懐かしや、この絵はここにあったのか、と言いたくなるような見覚えのある絵があちらこちらにあるので、世界中の名画の何分の一かはここにあるのじゃないかと思いたくなる。ゴッホも沢山掛かっているが、「アイリス」と「ひまわり」の二点は、他所の美術館から借りてきたものらしく特別展になっていて、丁寧な解説が付けてあり、珍しく人だかりができている。ここだけは写真撮影禁止になっていた。

アフリカや南太平洋の彫刻や美術品が集めてあるコーナーがあって面白そうだが、とても回りきれない。足腰も疲れているが、目と頭の方が消化不良を起こしそうである。

昼食を館内のビュッフェで摂ったが、こればかりはいただけなかった。サンドイッチのパンはパサパサでサラダはへたっているし、ジュースは甘すぎる。しかも値段は高い。周りを見回しても、うまそうなものを食べている人はトンと見かけなかった。肉は固そうだし第一料理の見てくれが悪い。このビユッフェに限らず、少なくともテイクアウトのB級グルメや大衆的なレストランにおいてはアメリカの食のレベルは低いと感じた。

ノーキョウ精神を発揮して足が重いのを我慢して五時まで頑張って見て回り、帰りに入り口の大ホールの奥にある売店をのぞいてみる。小さなデパートの一フロアくらいの広さがあり、品揃えも豊かで目移りがする。ピラミッドからの出土品の複製らしい首や腕につける装身具を奥さん、娘達、その他向けに、抽象画の複製も良いお土産になるだろうと思って十枚ばかり購入した。

後日のこと、船の図書室にNHKが作成したメトロポリタン美術館をめぐる四回にわたる特集番組を記録したCDが収蔵されているのを見つけた。業務監理官のKさんが編集して置いてくださったものだそうだ。松平アナウンサーが名調子でナレーションを担当している。これを見ると、この美術館の成り立ちとその後の歴史が分かって、その迫力の由縁が理解出来る。美術館を支えているNYの幾多の財閥家の中でも、とりわけロックフェラー家の歴代がこの美術館に懸けてきた情熱にはファミリーの執念を感じさせるものがある。NYの大金持ちと言われるほどの人々にとって、メトロポリタンに美術品を寄贈するというのは大いなる名誉であり、ステイタスの証しとされているようだ。ただ金があるだけでは駄目で、皆が認める品性と、社会的な信用がなければ寄付を受け入れてさえもらえないものらしい。

この美術館を充分に楽しむためには、よくよく研究して、体調を整えてから出かけないと豚に真珠、牛に経文ということになりかねない。是非もう一度、今度は数日かけて訪れたいものだ。

NY散歩

四日目は人があまり行かない所に行ってみようと思って、ユダヤ博物館というところを訪ねてみた。メトロポリタン美術館の五百メートルほど先に、セントラルパークと道路を隔てて渋いゴシック風の、邸宅を改装したような趣の五階建てが立っている。

中は案の定閑散としている。一階にはアメリカ社会で活躍している比較的地味なユダヤ系の人達の紹介パネルがある。テレビモニター画面では一九六〇年代のエド・サリバンショーの画像が繰り返し流れていた。出演している若いエンターティナー達もユダヤ系ということなのだろうか。

日本人があまり知らないだけで、実業家、政治家、学者、芸術家、芸能人をはじめユダヤ系の有名人は枚挙にいとまがない。彼らがアメリカ社会で巨大な人脈を形成し、絶大な影響力を保っていることはアメリカ人なら周知の事実である。あの人も、この人も、聞いてびっくりユダヤ系の多いこと。その反動として、ユダヤ人陰謀史観を信じる人がアメリカでは昔から多かったらしい。このフロアでは、ユダヤ系の活躍について、むしろ控えめに紹介するように配慮しているのではないかと感じた。

二階は催し物の会場のようで、モダンアートが展示してある。三、四階は吹き抜けになっていて、紀元前千年のダビデ大王以来のユダヤ民族がたどった歴史、かつて栄え滅んだユダヤ王国の遺跡や遺物などを、映像を交えて分かりやすく紹介するコーナーだ。七枝の燭台などのユダヤ教独特の宗教用具やユダヤ民族独特の生活用具などが並んでいるが、実物を見ても説明を読んでも、どう使うのか、どういう意味があるのか、さっぱりわからない。多くの日本人は同様だろう。

日本にはユダヤ教徒は皆無に近く、ユダヤ人と身近に接する機会がなかった結果、ほとんどの日本人が、ユダヤ人と言われて思い浮かべるのは、学芸会の「ベニスの商人」で登場する金貸しシャイロック、というレベルになってしまっている。ユダヤに関して知識も興味も乏しいというのは、日本人がグローバルな感覚に乏しいと指摘されるポイントの一つなのかもしれない。

ユダヤ民族の受けた迫害に関しては、モーセの出エジプトからナチスドイツのホロコーストに至るまで膨大な資料が蔵されているのであろうが、展示は見事に抑制されていることに見識を感じた。

セントラルパークのジャズバンド。沢山のグループが演奏している。

外に出ると目の前は広大なセントラルパーク、六月の日光がまぶしく降り注いでいる。ここから公園に入って歩いてみよう。大きな貯水池の周りはランニングコースになっていて沢山のランナーとすれ違う。かつてJ・F・ケネディー夫人のジャクリーンが好んで走った所で、ランニングコースにその名前が付けられている。

高い木立が続く林間の散歩道に出た。何組ものグループがジャズを演奏している。所々にある運動場では大人も子供もソフトボール、フリスビーなど思い思いの運動をしている。一人でサクソフォンを演奏している人もいる。メトロポリタン美術館の裏手にはエジプトから送られてきた巨大な三角錐の石碑が立っていた。

やがて池の側のボートハウスに出た。付属のレストランがあるので一休みしたいところだがどうやら予約が必要らしい。天使の像のある大きな噴水の側を通り、動物園の裏手を抜けて、歩き始めて二時間ほどで五番街と五十九丁目の角、公園の東南端に出た。

まだ歩く元気があるのでグランドセントラル駅まで行ってみたい。五番街をまっすぐ行くと聖パトリック大聖堂がある。アイルランド人の守護聖人を祭る教会。左に曲がるとレノックスーヒル病院があった。膝関節装具にその名前が付いている有名な病院なので一寸のぞいてみる。古い病院らしく、建物はくすんでいて、外来待合室は狭い。受付の黒人のガードマンはおそろしく無愛想で、ろくに話をしようともしない。早々に退散する。

グランドセントラル駅は驚くほど高い天井のある大きな駅で、構内は大変な人通りだ。線路と乗り場はすべて地下二階にあって、地下一階は広大なスクランブルの通路になっている。初めて来た者にはどういう構造になっているのか分かりにくい。

フードコートで食事しようと思ったが、ここには店ごとのテーブルを置いたスペースはなくて、店頭で使い捨て容器に入った食べ物を買って、通路に置いてあるベンチで食べるしくみになっている。とても落ち着いて食事する雰囲気ではないが、それでも客は結構多い。アメリカ人の食事に関するセンスには理解し難いものがある。道でものを食うのに抵抗感がないらしい。
地下鉄でチャイナタウンまで行って中華料理の店を探すことにしよう。

九・一一記念館

今日はいつもの船長と業務管理官との三人で、テロ攻撃によって崩壊した世界貿易センタービルの跡地に最近開場したばかりの九・一一記念館の見学に出かける。地下鉄ボールグリーン駅下車、イギリス植民地時代に芝生でボーリングをやっていた場所を記念した駅名だという。トリニティー教会の前を通って北の方に歩くと、今やNYで一番高いビルとなった新しい世界貿易センタービルの威容が見えてくる。

この新しいビルの隣がグラウンドゼロと呼ばれる、崩壊した二つの世界貿易センタービルの跡地であり、地表は公園になっている。ここには黒い大理石で囲まれた二つの大きな掘り抜きの池がしつらえてあり、池の真ん中の空間に水が吸い込まれ、底なしの地下に向

崩壊したビルの瓦礫の中から発掘された梯子車

かって落下していくのをイメージした構造になっている。そばに佇むと言い知れぬ鎮魂の雰囲気が感じられる。

記念館は小さな建物のように見えるが、入場するとエスカレーターで地下に導かれ、そこには広大な空間が広がっている。公園の地下の全体、即ちかつてツウィンビルが立っていた場所が記念館になっているのだ。こういう施設を作るにかけてはアメリカ人は情熱を注ぐし、卓越してもいると思う。

瓦礫の中から発掘された様々な被災の爪痕やハイジャックされた四機の旅客機の運命の記録、世界貿易センタービルへの旅客機の衝突の瞬間の映像、個人が残したメッセージなどが紹介されていて、来場者はあらためて衝撃を受けているようだった。機内からの最後の携帯電話の録音がある部屋などは、涙なくては通れないようで、見ればあちこちにティッシュペーパーの箱が用意されている。

改めて思えばアメリカ人は、戦争であれテロであれ、一般市民への無差別な攻撃による被害を、これほどの規模で受けた経験はなかったはずだ。ドイツ、イギリス、日本などが見舞われた市街地無差別爆撃はなかったし、まして原爆の被害など想像もつかないだろう。その意味でもこの記念館の意義は大きいのだろうと思った。「グラウンドゼロ」を辞書で引いてみると、第一義は核爆弾の爆心地のこと、と記されている。この場所を表すのに第二義として応用したことについては、もちろんアメリカ人の並々ならぬ思い入れがあったのであろう。

今夜はNY最後の夜、夕食はチャイナタウンでご馳走を奮発しましょうということになって、旅行案内に載っている店に行くと、順番待ちの行列ができていてとても入れない。その向かいの店は屋号が「川外川」とあり、こちらは空いている。川というのは四川料理を意味しているので、それが二つ重なっているのだから思い切り辛い店なのだろう。三人とも辛いのは大好きというのが一致して、それではというので入って見ると、お客さんは近所の住人と思われるチャイニーズの家族連れだけ、ハテとは思ったが注文した料理が来てみると、前菜も一品料理も豆板醤たっぷりの火鍋も期待以上のおいしさだった。紹興酒はわざわざ近くの酒屋から買ってきてくれるという親切ぶりで料金も安く、大満足の幸せな夜であった。

ブルックリン橋

六月十四日、出港日。主計科は朝から食材の積み込みに忙しい。午後二時の出港まで時間があるので、埠頭の先のブルックリン橋を目指してマンハッタンの摩天楼群を見上げながら海岸を北に歩く。摩天楼というのは skyscraper の漢字訳、「空をこすり取るもの」であるから、英語も感じが出ているが訳語も絶妙で、味わうべき言葉だと思う。一九三〇年頃に建てられたクライスラービルやエンパイヤステートビルなどのアールデコ様式の優雅なビルは、超高層ビルが立ち並ぶ中で今もランドマークになっていて、摩天楼の名にふさわしいと感じる。

ブルックリン橋　1883年に完成、今も現役で活躍している。

ブルックリン橋上段の歩道、橋を支えるワイヤーはスチールハープと呼ばれている。

かつて、この埠頭周辺の一帯は古い倉庫が並ぶ立ち入り禁止の場所だったのだが、今は海浜公園として開放されていて、ビーチバレー、サッカー、ソフトボールのコートが並んでいるし、ヨットも沢山浮かんでいる。子供向けの遊び場や、噴水式シャワーがあちこちにあって、親子連れが遊んでいるそばをジョギングの男女が通り過ぎて行く。

ブルックリン橋は十四年の歳月をかけて一八八三年に開通し、当時世界七不思議の次の八番目の不思議と言われたほどの歴史的遺産だが、いまだに現役の交通の要衝《ようしょう》であり続けている。明治初年の頃にこの大工事がなされたという事に、今更ながらアメリカの国力の奥深さを思わずにはいられない。

橋の入り口あたりはコンクリート舗装の人道を挟んで両側が二車線の車道になっているが、途中から上下二段に変わって、上が歩きやすい木の床の歩道である。黒ずんだワイヤロープが支えている橋梁《きょうりょう》の鉄骨には「矍鑠《かくしゃく》」という言葉で言いたいような風格を感じる。

心地よい風に吹かれながらイーストリバーの真上あたりまで歩いてくると摩天楼はもちろん、女神像の遙か向こうのスタッテン島や、反対側はロングアイランドの奥の方までの風光を一望することが出来る。この景色を何時又見ることがあろうかと、なごりを惜しみながら船に戻った。

大西洋

次の寄港地マルセイユまでは十日間の航海である。

大西洋は太平洋に比べて波も静かで時化《しけ》る日も少ないと聞いていたが、その通り揺れに悩まされることもなく、穏やかな航海が続いた。時々イルカが数頭、船首に並んでしばらく付いてくる。時速十六ノットは彼らにとってちょうど泳ぎやすい速度なのだろう。

悠々と游ぐ鯨の親子連れに行き過ぎたこともあった。こういう時にはワッチ勤務の当直者が船内放送で知らせてくれる。船橋で見ていたベテランの乗組員によるとイワシ鯨か、座頭鯨ではないかということだ。大西洋のこの辺りは鯨の回遊の通り道になっているらしい。

第一公室のサロンのテーブルの上に「週間NY生活」というタブロイド判の新聞が置いてある。NYの在留邦人向けの新聞を、代理店の人が親切に置いてくれたものであろう。のぞいてみたら、野口英世の八十八回忌の記事が載っていた。野口英世は一九二八年黄熱病の研究中に西アフリカで客死し、遺体はコンクリートで固められてNYに送られて、ブロンクスのウッドローン墓地に埋葬されたと記されている。当時野口が所属していたロックフェラー研究所はNYにあり、研究所の手によって墓地が営まれたのである。妻のメアリーも同じ敷地に並んで眠っているという。

二〇〇八年に米国日本人医師会の人達が草茫々だった墓地を修復し、野口英世メモリアルソサエティーという団体を組織して、以来墓を維持しているのだそうだ。その関係者たちが八十八回忌の記念式典をしたという記事なのである。今に至って野口英世がNYで人気があることがこのことでも知られる。上野公園に大きな銅像があるのを見たことがあるし、故郷の猪苗代にはアメリカから贈られたものがあるらしい。その外にも世界各地に記念碑や銅像があって、むしろ最近の方が人気が出ているのかもしれない。何しろ千円札の絵柄になっているのだから。

生前は方々に借金を重ねて放縦な生活をした頃もあり、毀誉褒貶《きよほうへん》半ばする人物などといわれていたと聞くが、年月は負の記憶を洗い流し、美化を進めるという事だろう。あの有名な、カタカナで書かれた哀切極まる母親の手紙が人の心を打つのも人気の要因になっているのだろう。NYでの野口の人気のことを帰ってから知らせたら興味を持つ人が多そうだ。

穏やかな天気が続き、快適な航海のおかげか医務室への受診者もおらず、船医はもっぱら読書と千字文の手習いをして過ごす単調な毎日を送っている。

ところが、この時期、船長以下の幹部たちは深刻な問題を抱えて、会議を重ねていた。それはこれから入っていく地中海で、難民船に遭遇する事態への対応のことである。

二〇一〇年にチュニジアに端を発したアラブ諸国の反独裁政権運動は、当初「アラブの春」などとマスコミがはやし立てたのもつかの間、独裁政権瓦解の後の動乱は一向に収束せず、市民生活を深刻な混乱に陥れていた。その結果が、チュニジア、リビア、モロッコ、西サハラなどの北アフリカから地中海北岸を目指すボートピープルである。難民を満載したゴムボートなどが地中海を漂流している様子を連日国際ニュースが報道していた。

もし彼らに遭遇したら、日の丸を掲げて航行しているコーストガードのこじまとしては相応の対応をしなければならない。水や食料の供給程度で済めば幸いだが、すくなくとも病人や、老人、子供の、もし船が沈みかけていればそっくり全員の収容を求められるだろう。一旦収容したとして、引き取り先が見つからなければ、こじまが地中海で立ち往生する可能性すらある。

難民がエボラ出血熱などの感染症を持っている確率は高くはないがゼロではない。船長の指示で、医務室にあるゴム手袋、消毒薬などの状況を確認した。頭巾やマスク、ゴーグルがそろった防護服セットが三十組格納されていたが、これらは使い捨てなのだから、本当に遭遇したら事実上お手上げである。結局いろいろ心配しても仕方がないので、もしもの場合は全力を尽くすということにして、なるべく難民船に遭遇しにくい海域を通ろう、ということになったらしい。

アゾレス諸島の島影を見送って、六月二十二日ジブラルタル海峡に達した。海峡は右側通行なので本船はモロッコ側の海岸に沿って進む。地中海気候というのはかくも乾燥した大地を生むものか、ぽつりぽつりと立っている海岸の家の周りには緑はほんのわずかしかなく、むき出しになった石灰岩の白い岩肌が続いている。海辺には手こぎボートのようなちっぽけな漁船が大胆にも大波に揺られながら沢山浮いている。

ひときわ目を引く高い岩山があって、地図で見るとLevel Musa、標高八百四十八メートルとある。一本の樹木も生えていない石灰岩の乾いた岩峰で、遠くからもよく目立つ。スペイン側のジブラルタル岩と対をなして古代から「ヘラクレスの柱」と呼ばれた「アチョの丘」というのはこの山の事ではなかろうか。

この山を過ぎるとやがて岬の付け根に立派な海岸都市が見えてきた。地図に載っている「セウタ」という名前は知らなかったが、ブリタニカ辞典によれば、古代から交易の拠点として栄えた街で、ポルトガルのエンリケ航海親王がムガール人から奪い、それをスペインが一六八八年から自領にしていると書いてある。

最狭部では十三キロメートルしか離れていない対岸にはジブラルタルの要塞が驚くような高さに遠望される。全く岩の上だ。ここは十七世紀にイギリスがスペインから奪って以来、英国の海上支配の重要な基地であり続けている。度重なるスペインの返還要求に対して一九九二年に住民投票が行われた結果、イギリス領に留まることになったのだとか。昔からこの辺りの利権をめぐってやったり取ったりしていたのだ。

地中海は日本人の感覚ではユーラシアとアフリカの間の内海という感じかもしれないが、実は意外に大きい。面積二百五十万平方キロ、最大深度五千メートルというのは、広さも深さも日本海の二倍近いのだ。地図の上ではほんの間近に思えるジブラルタルからマルセイユまでが更に二日半の航海であった。

マルセイユ港外のかつての監獄の島、イフ島

マルセイユ

六月二十五日早朝マルセイユに入港。港外に石造りの要塞の島が見えるのは、大デュマの小説でモンテクリスト伯が幽閉された事になっている、かつての監獄の島イフ島である。

着岸したのは街の中心地に近い一等地の岸壁で、目の前にMuCEM（ヨーロッパ地中海文明博物館）という近代的な建物がある。その右側に堅牢な石造りの要塞に守られて幅が百メートルもない狭い水路があるのがマルセイユの旧港の入り口で、港の

マルセイユ旧港の入り口、港にはボートやヨットがぎっしり碇泊している。

中にはヨットやボートがぎっしりと停泊している。

地中海に面した岩だらけのガリアの海岸線に、虫垂のような形をした絶好の天然の入り江があったのがマルセイユの起こりで、人類が船を造った歴史とともに港であったに違いない。今、目の前にしているこの水路こそがその入り江の入り口であり、周りの海岸線はもちろん人の手で大きく変わっているものの、ここだけは二千年前と同じ形に保たれて、港の入り口であり続けているのは歴史上の奇観と感じられる。

翌朝街の見物に出かけた。旧港の一番奥まった所に小さな漁船が集まって朝市が立っている。船の上で漁師が網から外

マルセイユの朝市、魚の多くは日本で見るのと似ていた。

している魚は小さいのばかりのように見える。売り場に並んでいる魚の量も大して多くはない。地中海は干満の差が四十センチメートルくらいしかないので、あまり魚が獲れないのだろうか。

台の上にのっているのを見ると、アジ、カサゴ、コノシロなど日本で見るのとあまり変わらないのも多いが、一寸見当のつかない種類もある。大きめの魚では鯛、ハタ、蛸がある。通行人が漁師と交渉して買っていくのは日本の漁師町の朝市とそっくりである。

港の奥にある海洋博物館に入ってみた。サントルブールスという大きなショッピングモールに付属したような奇妙な構造になっているのは、モールの工

マルセイユ旧港からノートルダム・ド・ラ・ギャルド・バジリカ聖堂を望む

事中に古代の船などが出土したのをそのまま保存して博物館にしたからである。とは言え内容は充実しており、三階建ての本格的な博物館である。

立派な竜骨構造を備えた長さ二十メートルもある帆掛け船の遺構が三隻分、尻の尖ったテラコッタの壺などと共に発掘当時の様子を残して展示してある。前庭には石造りの遺跡も保存されている。上の階には古代から近代にいたる地中海貿易とマルセイユの発達の歴史が解説してあり、種を明かせば先に書いた入り江の歴史物語もここで仕入れたのである。

博物館を出て、地下鉄の駅で三日間有効の共通乗車カードを購入。バス、地下鉄、トラムと呼ばれる市内電車の何れにも使える。四十番の路線バスに乗って市内で一番高い丘の上に建つノートルダム・ド・ラ・ギャルド・バジリカ聖堂に向かう。ぎっしりと家の建て込んだ中の、曲がりくねった石畳の道を巧みな運転で登り、十五分ほどで頂上に着いた。壮麗な教会の周りは四方に開けて、北は遙か南フランスの内陸まで、南はイフ島などの島々が浮かぶ地中海を見渡すことができる。

丘を降りて、海岸線を巡る別の路線バスに乗り換えた。砂浜で海水浴の子供達がはしゃいでいる。バス道路に面した古い建物の窓から、肘をついて通りの様子を見下ろしているおばあさんの姿が印象的だった。小一時間で路線を一周して元の旧港へ。ショッピングモールで買い物しながら町歩き。サマータイムになっているので外は午後九時頃まで明るい。

アルル

翌日はいつもの三人組に主計長も加わって、ローマ時代の遺跡を訪ねてアルルまでの小旅行を試みる。マルセイユの表玄関サンシャルル駅は威風堂々の立派な駅だが、駅員には英語は全く通じず、「アルル」と言ってみても分かってもらえない。カタカナのアルルとは違う発音なのだろう､フランス語の発音はなにしろ難しい｡船長が旅行案内を見て前もって用意していたメモを見せたので何とか切符を買うことが出来た。

車内は快適で、五十分でアルルに到着。町外れにある小さな駅の建物から駅前広場に出ると、まだ午前十時前なのに日差しがカッとばかりに照りつけている。プロバンスの陽光とはこのことか。かつて北海沿岸のオランダからやって来たゴッホが、この地の景色を光溢れんばかりの原色で描いたのは無理もない。

市内を巡る無料バスに乗りそびれて、次まで待つのも嫌なのでカンカン照りの中ではあるが街に向かって歩き出す。空気が乾燥しているのでそれほど暑くは感じない。

街の入り口にあるカバリル門は半ば朽ちかけているがローマ帝国の遺薫を残している。土産物屋や飲食店が並ぶ狭い石畳道を行くとやがて雄大な円形闘技場が現れた。かのローマ時代、グラディエータと呼ばれた奴隷身分の剣闘士達が死闘を演じていた場所である。こういう建物はコロッセウムと呼ぶのだと思っていたが、コロッセウムはローマ市内にある、あの巨大な闘技場の固有名詞であって、一般名はアンフィテアトルムなのだそうだ。石壁の崩落した部分は修復されていて、中央の広場では民族衣装を着た女性たちが踊りの練習をしていた。

円形闘技場のすぐ側にBC一世紀の建造という野外劇場がある。中世に建築資材として石材が持ち出された為、舞台の後背部は形が失われているが、残された階段状の観客席を見ても往年の壮麗な様子が偲ばれる。更に少し歩いたところにコンスタンチヌス共同浴場の遺構がある。構造から推察すると、蒸し風呂とプールに交代に入ったらしい。ローマ人達は風呂が大好きで、共同浴場は社交の場でもあった。ここに限らずローマの遺跡には必ず立派な大浴場の遺構が残っているという。そういえば「テルマエロマエ」という、奇想天外、捧腹絶倒の映画を見たのを思い出した。阿部寛扮する主人公はローマ皇帝から浴場建設を命じられた建築技師という設定。原作は歴史漫画なのだが、ローマ人と日本人と、お風呂大好きの共通点に着眼したのは秀逸であった。

アルルの古代遺跡、円形闘技場

旅行案内に導かれてアルル市役所の横の狭い入り口から暗い地下回廊の遺跡に入る。現在のアルル市役所は中世風の冴えない石造りの建物だが、その地下に広がる回廊はびっくりするような広さがある。広大な空間であるにもかかわらず照明がまばらで案内もないので、下手をすると中で迷ってしまいそうだった。この構造物はローマ時代の行政府の建物の地下部分であって、階上の現在の市役所がある場所にはギリシャ神殿風の雄大な建物が建っていたと解説してある。さぞかし見事な景観であったことだろう。

プロバンス地方の伝統衣装などの民俗資料や歴史的な絵画が収蔵されているというアルラタン博物館は、残念ながら改

円形闘技場の観客席を覆う天幕の模型。往時、実際に張られていた。

修中で閉鎖されている。

旅行案内に載っているレストランを探して昼食。ムニュと呼ぶ定食のコースの、おすすめの兎の肉のソテーがなかなか美味しかった。狩猟で得た野生動物の肉を使ったジビエ料理というのがフランス人のお好みである。ただし鯨の肉はお嫌いらしいが。赤ワインを一杯。この店は一寸引っ込んだ所にある為かこの日の客は少なかったが、女将さんのサービスも良くて値段も手頃だった。

やっと市内巡りのバスをつかまえて、市域の奥にある県立古代アルル博物館まで運んでもらった。日本語の案内書の記述をはるかに上回るレベルの充実した内容で、ローヌ川から発掘されたローマ時代の長大な河川用輸送船、近郊のローマ墓地から移された立派な石棺や彫刻、邸宅のモザイク床など何れの展示品も見事だった。

中でも印象深かったのはローマ植民地として最盛期のアルルの市域を、大きな机一杯の広さに再現した立体的な模型地図だ。当時アルルはローマの屈指の属州として栄華を誇り、おもだった住民にはローマの市民権が与えられていた。この模型地図を見れば、円形闘技場や野外劇場はもちろん、地下回廊の上にあった行政府のギリシャ神殿風の建築とその前庭をなすフォーラムも、穀物集積場やローヌ川に平底の船を連ねて作られた浮橋も再現されており、川沿いの広大な競馬場には二頭立て古代戦車が競争している様子が見てとれる。

一番驚いたのは、円形闘技場の観客席を覆う形に天幕が張られている様子が再現されていることだった。本当にこんなことが可能だったのだろうか。

後でウィキペディアで調べてみると、闘技場は決して露天ではなく、観客席には天幕が張られており、中でも皇帝や高位者の席は完璧に日差しが遮られていたのだと書いてある。かくも巨大な建物を天幕で覆うという発想とその技術力には舌を巻く思いがする。

こうしてみると我々現代人の境遇は、二千年前のローマ人の市民生活と比べて、豊かさと満足度、精神性において如何ほどのものであろうか、はなはだ自信の持てないところである。

再びマルセイユ散策

次の日も快晴で朝から暑くなりそうだ。見残したマルセイユの名所に行ってみようと思い、トラムに乗ってロンシャン宮へ出かける。マルセイユの市街から北東方向に、郊外へ向かう途中に、斜面をなす庭園に囲まれてゴシック風の建物が建っているが、なんだかゴテゴテした印象である。誰かが住むための宮殿ではなく、マルセイユに上水道施設ができたのを記念して、市民の憩いの場とするのを目的に建てられたのだそうだ。ファサードの前の空間には巨大な女神像が鎮座しており、その周りを囲む噴水池には給水塔の機能があるらしい。フランスの建築らしくシンメトリー構造になっていて、左右のウイングはそれぞれ美術館と自然史博物館になっている。

建物が完成した一八六九年はナポレオン三世の第二帝政終焉の前年、日本の明治二年、レセップスがスエズ運河を開通させ、ＮＹではブルックリン橋の建設が始まろうとしていた。その頃フランスではこんな大時代な建築趣味が流行っていたのか、文化の爛熟、世紀末の前触れを思わせる。翌年の一八七〇年に始まる普仏戦争で大敗北を喫して、ナポレオン三世は亡命し、フランスはパリコミューンを経て第三共和制へと向かうのである。

ところで、マルセイユの街を走るトラムはすべて低床型で、デザインは洗練されていて、石畳の上を滑るように走る姿は町並みの景観に良く適っている。一番線から三番線まで三つの路線があり、車の通行との共存もうまくいっているようだ。この街にトラムが走り出したのは最近の事で、まだ十年も経っていない。世界の多くの街が路面電車を廃止している時代に、新たに始めるというのはたいした見識ではなかろうか。

郊外の様子を見たくて、一番線の終点まで乗ってみた。ロンシャン宮から三十分ほどでのんびりした町外れの終点の停留所に着き、その先はバス乗り換えになっている。折り返しの為に運転席を移動しているのをチラと見ると、運転手は銀髪の引き締まった中年女性で、サングラスが似あう美形であった。

帰りの車中に切符検札隊の四人組が乗り込んできた。アルルに行く時の列車もそうだったが、ヨーロッパの公共の乗り物の運賃は多くが自己申告制で、切符を買わなくても乗ることは出来るが、抜き打ちの検査で無賃乗車が見つかると多額のペナルティーを取られるという仕組みになっている。近くに座っていた中年婦人と若い女が早速引っかかった。

中年婦人は不満タラタラでしきりに言い訳をしている。こんな時にいう文句は万国共通だろう、「たまたまカードを忘れてきただけよ、本当は持っているのだからいいじゃないのよ！」、若い女の検札係が尖った声で「そんな言い訳が通ると思っているの！」、腹の出た黒人車掌「奥さん、いけませんぞ、ハイこれ、手続きをよろしくね。」と言って違反切符を渡している。中年婦人は硬い顔をしてしばらく紙を握りしめていたが、破り捨てる訳にもいかず、やがて折りたたんでバッグの中にしまった。

街歩きをする時にはサングラスを使うに限る。キョロキョロとどこを眺めようが自由自在。タモリも、とぼけた顔をしてさぞかしジロジロ見ているに違いない。

旧港に沿った土産物屋でマルセイユの名産という石鹸を買う。オリーブ油のみを原料とし、香料などの添加物は一切使っていないのだそうだ。豆腐くらいの大きさのあるゴロンとした石鹸をずっしりと二十個ほども買い込んだ。重くて嵩張るけれど、船まで運びさえすればあとは問題なしというのが船旅の強みである。この石鹸は帰国後、意外なことにご婦人方に大好評であった。何しろ日本のデパートで買えば上品な箱に入れられて、価格に○が一つ増えるのだというから驚きだ。食べ物のほうではフランスで安くて美味しいのはワインとチーズ、パン。晩酌用に買っておく。衣料品ももちろん良質だ。

マルセイユと言うと、かつては港湾労働者の多い柄の悪い街というイメージがあった。入港の時に領事館の書記官から受けたレクチャーでは、この街はフランス国内でも犯罪発生率の高い所で、特に旧市街のアラブ人居住区は危ないので近づかないようにという注意を受けた。昼間に歩いてみると、なるほど旧市街では狭い路地に窓から洗濯物が掛かっていて、暇そうな若い連中がたむろしているような所もあった。観光客が歩くには夜は一寸恐ろしいかもしれない。

しかし港湾に関してはフェリーなどの客船以外の港湾施設は西の方の離れた地区にあって、荷役作業はクレーンとトラックによる機械化がすすんでいる。

市街を歩いていてひったくりに遭うような物騒な雰囲気はないし、酔っぱらいの姿を見ることもなかった。今や柄の悪い港湾都市というイメージとはかけ離れた、美しく気持ちの良い街、というのが表面的ながら私の受けた印象である。

モナコ公国。4×1平方キロメートルの美しい国である。

モナコ

マルセイユ滞在は四日間で、次は東に移動してモナコに向かわなければならない。モナコには「国際水路機関 ＩＨＯ」の本部が置かれていて、我が国も理事を派遣している。今年、こじまは「世界水路の日」が制定された十周年を記念してＩＨＯが主催するイベントのレセプション会場として協賛する使命を帯びている。

国際水路機関は前身の国際水路局が一九二一年に設立されて以来、現在では世界の海洋国家七十二ヵ国が参加する重要な国際機関である。聞けば、現在ＩＨＯは「日本海呼称問題」という厄介な問題を抱えているそうである。韓国が「日本海」の呼称を韓国式の「東海　トンヘ」と変えよと主張し、譲らないため、世界の海域の境界と名称を示す「大洋と海の境界」という国際水路機関の刊行物の改訂ができない状態なのだ。こじまの貢献がこうした国際的な問題へのアピールの一助となれば幸いなことだが。

六月三十日早朝モナコ入港。地中海に南面するこのあたりからイタリアにかけての海岸をリビエラと呼ぶのだそうだ。港に面してひときわ目立つ宮殿風の石造りの建物がカジノモンテカルロで、中には立派なオペラハウスが併設されている由。港には、奇抜なデザインの大きなヨットが沖係りしている。ロシアの金持ちの所有だという。ところで、モナコの港で見るようなヨットというのは、個人所有の遊覧用豪華船のことで、セールのある船ではない。我々が思い浮かべる帆掛け舟のヨットは、第二義で、普通はセイルボートと呼ぶのだそうだ。英和辞書にもそう書いてある。

こじまが係留した防波堤の周りにも千トンクラスのひときわ豪華なヨット、対岸のヨットクラブの周辺には世界各国の旗を立てた華麗な数百トンクラスがずらり。これらのヨットには各々相当数の乗組員が雇われており、繋留代だけで月に数万ユーロも掛かるのだそうだ。何とも場違いの雰囲気で、折角の純白のこじまの粋な姿もなんとなく萎縮しているように感じられる。その乗組員の一人である私も、日本出国の際に両替したユーロはマルセイユであらかた遣ってしまったので懐中の事情は全くモナコ向きでなく、折角のカジノに出かける気にもならない。元々自慢ではないが博打で儲けたことは一度もなくて、カジノには興味がないのだが。そういえば戦前、在外海軍武官時代の山本五十六が、ここのカジノで大儲けして豪遊したという伝説が残っているそうだ。

小さなトロッコ型の観光トロリーバスで、モナコ国内を一周する。何しろこの海岸の国は幅が約四キロメートル、奥行き一キロメートルしかないので、宮殿のある坂を下りて、港の周辺を通ってモンテカルロ地区を一回りしたら二十分で元に戻っておしまいである。

この国自慢の海洋博物館というのは、自身が海洋学者でもあったという先々代の大公が海岸の崖の上に造った立派な建物で、古色蒼然とした文物が展示してある。地階の水族館は旧式の展示ながら地中海の魚介類を集めてあって興味深かった。

夕方六時から船上でＩＨＯのレセプションが催された。モナコの大公殿下がご臨席とあって甲板に赤絨毯を敷いてお出迎えである。国際水路機関理事長が英語で長々と演説。大方どこかに出す予定の原稿を読み上げたのだろうが、かんかん照りの夕陽の下では一寸長すぎた。日本のモナコ公使はさすがにフランス語でほどほどに挨拶。海上保安庁海洋情報部所属の女性実習生Ｉさんが英語で短く挨拶したのはなかなか良かった。

モナコ港での船上レセプション。アルベール2世大公殿下もご出席。

アルベール二世大公殿下は気さくな人柄と見えて、にこやかに出席の誰彼と話を楽しんでいるご様子。こじまの各科長の挨拶を一人ひとり受けて、当方にも握手を賜ったのは光栄な事であった。実習生達との記念撮影に気軽に応じてくださる。年齢は五十歳台後半と聞いたが十歳は若く見えるし、グレース王妃の息子だけあって長身、ハンサムである。南アフリカ出身の元オリンピック水泳選手シャルレーヌ妃と結婚して最近双子の王子が生まれたばかりとか。本来こういう趣味はないつもりが、ついつい王室ゴシップの追いかけ風になってしまう。

例によって実習生達の出し物披露がある。剣道の模擬試合、餅つき、琴演奏など。主計科の腕によりをかけた日本食のおもてなしに

モナコの崖の下の海水浴場

加えて、今回は現地レストランスタッフの料理とシャンパンのサービスもあってひときわ豪華である。サマータイムなので船上のイブニングパーティーは遅くまで賑わっていた。

翌日、夕方の出港を前に、午前中は休養時間となって皆思い思いに出かけて行く。グレース王妃の趣味で造られたという日本庭園に行ってみた。小さいながら、よく手入れが行き届いていて、茶室もある。水草や植え込みの植生が一寸日本と違うのも異国情緒が感じられてなかなか良い。

海洋博物館に行く途中の、崖を降りたところに狭い浜があって海水浴場になっている。地中海の思い出に一泳ぎしようと降りていくと、船の主計科の二人に会った。日光浴しているモナコ美人もいて良い雰囲気である。モナコの女性は小柄でほっそりした人が多いようで、タトゥーを手足に入れている人もよく見かけた。サングラスの効果で、日光浴美人のお尻の横に小さな蠍《さそり》が爪を広げているのが見えた。

海岸から二十メートルも沖に出ると深い断崖になっているが、水は澄んでいて小さな魚が沢山泳いでいる。浜の白い小石を一つかみ拾って持ち帰った。

地中海

七月一日午後遅くモナコを出港して地中海を南下する。これからシンガポール入港までは二十四日間無寄港、この航海一番の長帳場である。

この夕べ、上空は雲一つない快晴ながら水平線には靄がかかっていて、空の青が水面に近づくにつれて乳黄色、ピンク色へと変化しつつ海に融けこむ幻想的な光景を見せていた。

やがて領海の外に出ると船の中は急にあわただしくなる。洗濯ラッシュが始まるのである。矛盾しているようだが、船では入港中や領海内停泊中は水回りに関しては不自由な生活が続く。この間は生活排水を外に出すことが禁止されるので、トイレは洗浄水を節約し、洗濯は禁止、入浴も一日一回のシャワーに制限されるのだ。

外洋に出ればトイレ用水も、バイオ処理をした上で排出して良いことになっている。やっと溜め込んでいた汚水タンクを開き、洗濯も解禁になるのである。今回はマルセイユ入港中も併せて皆十日分以上洗濯物が貯まっているので、洗濯機の前には行列が出来ることになる。因みに洗濯室は三つある。洗濯機はもちろん全自動で、乾燥機は電気式とボイラーが配管された大型の物とがある。放り込んでおけば機械がやってくれるので楽なものではあるが、終わり次第早々に引き取らないと次の人が待っている。それにしても洗濯機の無かった、昔の船乗りはさぞかし大変だったことだろう。

飲み水のまかないは、各港で購入する清水に頼っているのだが、その他の生活用水は造水機のおかげで制限なく供給されて、入浴も毎日できるという贅沢さであった。もっとも造水機の機嫌の悪い時が度々あって、そういう日はシャワーのみではあったが。

退屈なので毎日船橋に登って、海図を見る。船はシチリアの南を回ってマルタ島の北を通り、イオニア海に入っているらしい。北にはクレタ島がある筈だが領海の外を航行するので島影すら見えず、たまに漁船や、行き交う貨物船やタンカーの船影が見える位である。

モナコを出港して以来スエズに達するまで、船橋では難民船が見えはしないかと緊張していたことだろうが、幸いその影を見ることもなく、船舶電話で伝わってくる海洋情報でも、この時期難民船に関する警報はなかったようだった。

穏やかな航海で怪我人も出ず、医務官稼業は開店休業の状態が続く。もっぱら毎日読書三昧。おかげで帰るまでの百一日間に読んだ本の数は四十冊を超えた。

実習生諸君は相変わらず訓練の日々で、各部署の消火訓練、人命救助訓練と忙しい。更に一人一題ずつ自由課題の研究発表を義務付けられていて、その準備のために図書室は連日混雑している。

スエズ運河通過

七月六日正午ごろポートサイド沖に到着、指定の場所に投錨する。周りには運河通行の順番待ちの船が沢山停泊している。パイロットからは「連絡を待て」と言ってきただけ。

午後三時、代理店のエージェントがボートでやってくる。運河の通行料金を受け取りに来たのである。

この船の通行料は五万ドル、軍艦に準ずる扱いだから安いのだそうだ。ウィキペディアで調べてみるとスエズ運河の平均通行料は二十五万ドルとある。これはもちろん数万トンクラスの民間船の場合だろうが、それにしてもあまりの額に驚く。私の三十年分の退職金でも足りないではないか、退職金の方が少な過ぎるのには違いないが、それにしても三十年働いて、大きな船とはいえ運河の渡し賃一回分にも足りないというのは情けない。高いのが嫌なら喜望峰へどうぞ、というわけなのだろうが、チョイと阿漕が過ぎやしないかいと言いたくなる。このコストはまわりまわって結局消費者が払っているのだから。ちなみにパナマ運河は三万ドルでスエズ運河より少し安い。

翌朝になって、午前八時に抜錨の予定と連絡があり、これで日中に運河の様子が見られると喜んでいたら、間もなく今日の通行はキャンセルになったと言ってくる。このまま明日まで待機らしい。スエズ運河はエジプトの国の威信をかけた拡張工事の最中で、八月初旬の開通式に向けて追い込み作業中なので交通規制が掛かっているのだとか。

翌日、相変わらず連絡待ち。甲板への出入り口は泥棒対策で施錠されているので運動することもままならず、ストレスが貯まるばかりだ。船橋から見える周囲の海には順番待ち

スエズ運河の入口付近。通行は夜間で、砂の堤が見えただけだった。

の船が徐々に増えてきている。

夕方七時になってやっとパイロットが乗り込んできた。「運河クルー」と呼ばれる作業員も四人ほど移乗してくる。この連中はたいした大荷物を抱えている上に、それでも足りずロープで大きな頭陀袋を引き上げている。これが彼らの商売道具で、船内で店開きしてエジプトの土産物の類を売るのである。

船はやっと動き出したが、あたりは暗くてさっぱり様子が分からない。パナマと違ってスエズ運河には閘門《こうもん》がないので、ライトアップされた施設もないし、ただ薄暗い中に砂漠を掘り抜いた砂の堤がぼんやりと浮かんでいるだけ、面白くも何ともない。おまけに運河を通るには普段は中程にある湖で往復の船団が待ち合わせる為に十時間以上掛かる所が、今回は一方通行で通すので七時間で通り抜けるという。つまり明るい内には運河は見られないのだ、こんなに長く待った揚句に。

エジプト人の顔など見たくもない気分で土産物屋を覗くのは取りやめ、焼酎を飲んで寝てしまった。明け方起きてみると運河を出たところ、何の印象も残らないスエズ運河通過であった。

紅海

スエズ運河を抜けた後、エジプトとシナイ半島に挟まれたスエズ湾を半日掛けて通過する。砂漠がいきなり海に落ち込んで出来た荒涼の地形で、樹木の影は全く見られず、所々に油井の構造物が点在するのみである。旧約聖書に書いてある、ヘブライの予言者モーセがイスラエルの民を連れてエジプトを出る時に海が裂けたという場所はここであろうと考えている人が多いそうだ。湾の狭い所では船から両岸の陸地を見渡す事ができるので、両岸同士も見えるだろう。ここを歩いて渡ることができれば、という想像力が働いたのではなかろうか。これが紅海となると陸影は全く見えなくなって、大海を行くのと変らぬ、見渡す限りの大海原となる。

紅海という呼び名はブリタニカ辞典によれば、「ある種の藻類の死骸のために海面が赤く見える事があることによる」とあるが、要するに赤潮が発生するという事だろう。この航海中は全くそのような光景は見られなかった。こんな海でも海底は珊瑚礁の宝庫で、有名なダイビングスポットになっている場所があるという。陸上に植物が生えていないのにそんなことがあるのだろうか、海面の様子からはとても想像出来ないことだ。

海の色は太平洋は深い群青色、大西洋はやや明るい青、地中海は緑がかった青に見えたような気がしたが、大方は太陽の高度や照り具合、雲の量、波の状態などの影響によるものであるらしい。ベテランの航海士達に聞いても海による色の差はないという返事が返ってきた。もちろん水深が浅かったり、プランクトンが多かったりすればその影響が大きい。黒潮ばかりは確かに黒みがかっているように思われるのだがこれはどういう訳だろうか。

ソマリア周辺海域

三日かかって紅海の出口、マンデブ海峡を抜けると途端に波が荒くなった。

七月十三日、アデン湾海上で先ず護衛艦「いかづち」と、数時間遅れて「むらさめ」と会合した。護衛艦には「ソマリア周辺海域派遣捜査隊」という海上保安庁の職員が各々四名ずつ乗り組んでおり、日本の人や財産に対する海賊行為を取り締まる警察機能を担っている。逮捕や捜査は海上保安官の権限であり、海上自衛隊には出來ないのだそうだ。護衛艦隊司令と捜査隊の隊長からメッセージが届き、本船の船長と実習生からも感謝とねぎらいの挨拶を返す。やがて本船と護衛艦「いかづち」がしばし並走し、お互いの乗員が舷側に整列して帽振れを交わした。折から波が高い中、六万馬力、四千六百トンの護衛艦は軽々と身を翻して力強い船足で去っていった。護衛艦二隻のほかにP３C哨戒機も飛んできて旋回飛行をしてくれた。

アデン湾のオマーンに至るまでの海域には「安全航路」という船の通り道が設定されて

アデン湾海上で護衛艦「いかづち」と会合した。

いて、国連安全保障委員会加盟の諸国の艦艇が共同で警護している。任務とは言え兵站施設に乏しく、日常生活を支える設備もないこの地域に、半年近くも派遣される隊員達の苦労は並大抵のものではなかろう。おまけに護衛艦内では禁酒だそうだから、そのストレスたるや想像もつかない。

数年前に日本の会社の船を襲ったソマリアの海賊をアメリカ軍が捕まえて、日本に引き渡した事があったそうだ。海上保安庁はその一人を引き取るために飛行機を派遣して日本に連行し、取り調べて裁判に掛け､刑務所に収容し､と大変だったという。何しろソマリ語の通訳を探すのが大変だし、それを日本語にまで直す

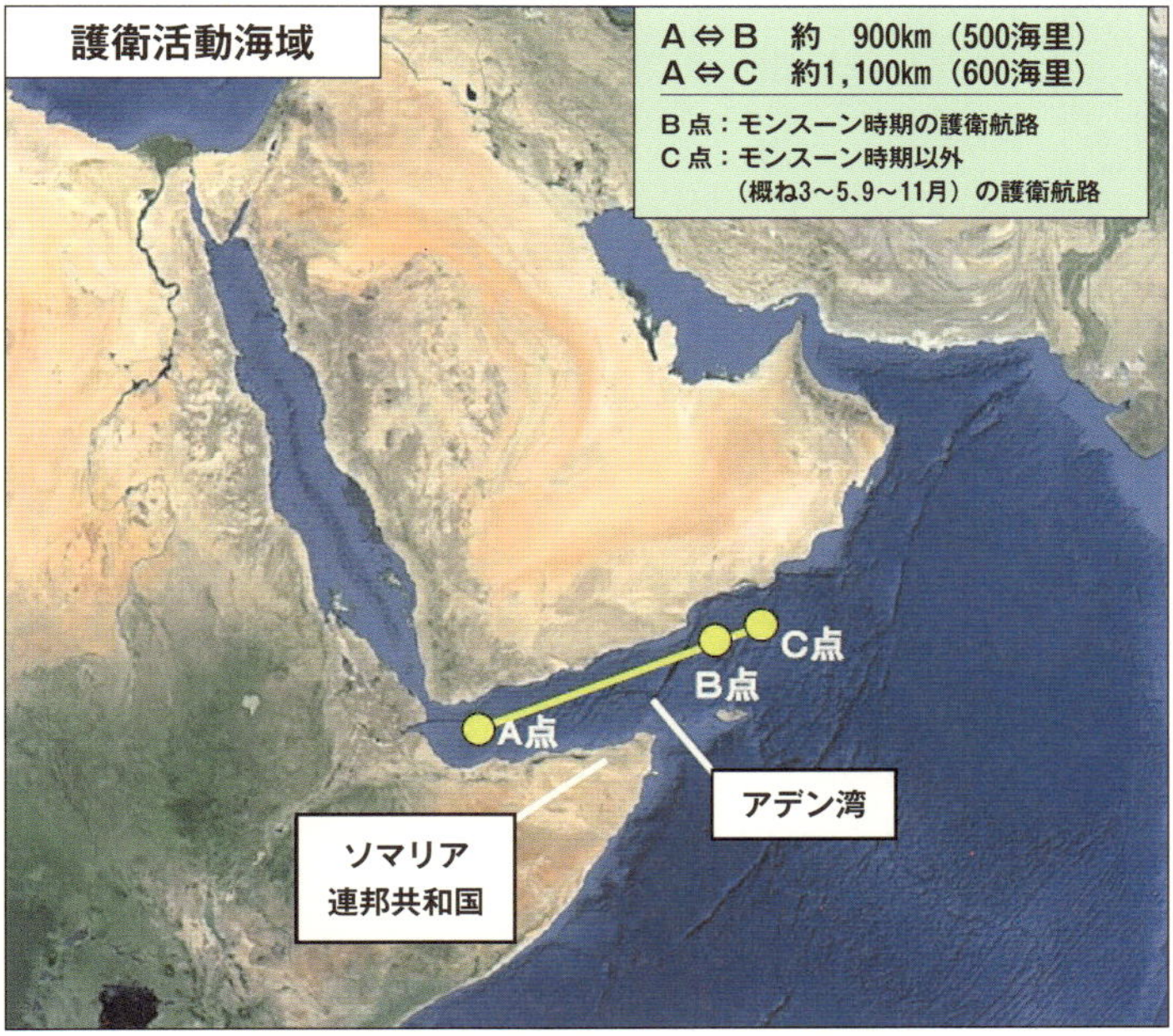

アデン湾に設定された護衛活動海域（海上保安庁広報サイトより）

のにどれほどの手間が掛かった事だろう。おまけに「ソマリア」とは呼ぶが、国の体をなしてない地域だから戸籍の調べようもなく、本人も生年月日なんか知らなかったそうだ。現在はまだ服役中だそうだが刑期が終わったらどうするのだろう、また国の費用で送り届けるのだろうか。

我が愛読の白石一郎の海洋歴史冒険小説なら、海賊を捕まえたら船端から海に投げ捨ててお終いなのだが、国際人道主義は大変である。

インド洋

インド洋の西半分をアラビア海と呼ぶ。アデン湾からアラビア海に乗り出した二日目、船は大いに揺れて、昼食はカレーライス、夕食チキンライス。荒天食と呼び、まともな調理が出来ない時の、手の掛からないメニューなのだそうだ。そのうちにビスケットと缶詰になるのかと思っていたら主計科が頑張ってくれて元のメニューに戻った。波高三メートル以上で廊下をまっすぐに歩けない日が続く。

南極海からアラビア海に突き上げてくる南西の波を真横から受けるのを避けるために、昨年は一旦南下して追い波を受けながらインドを目指したそうだが、今年は天気図の条件が良いという船長の判断で真っ直ぐに走ることになった。なるほど揺れはそれ以上ひどくはならず、徐々に落ち着いてきた。後甲板では、よろめくのを踏ん張りながら海上保安体操が毎日続いている。

ある日の体操の時間、早めに甲板に出てみるとトビウオが一匹、半ば干物になって転がっていた。昨夜の内に波間から飛び上がったはずみに運悪く手すりのネットを飛び越えたものと見える。海面から甲板までは四メートルもあるのによく飛ぶものだ。ベテランの乗組員によると、インド洋では時化《しけ》の朝には新鮮なやつが沢山打ち上がっているそうだ。有り難く収容して寝酒のつまみとして供養することにした。

インド南端からシンガポールまで七日間、蒸し暑い日が続く。海面から水蒸気が沸き上がって雲になり、その雲が水面に映って海は青さの冴えないくすんだ色に見える。にわかに稲妻が光り出したかと思う間もなく激しいスコールが降りだし、一瞬船橋からの視界が全く効かなくなる事が数回あった。二十分も経たぬ内に雨はあがるし、レーダーとGPS（汎地球測位システム）のおかげで船の周りの様子は掌を指すように分かるので視界不良の心配はないのだが、スコール襲来の時の天候の急変ぶりには驚かされる。緯度はスリランカ南方の北緯八度から更に下がってマラッカ海峡にかかる頃北緯一度になった。いよいよ赤道直下である。

航海のこの時期には単調な日々が続くことを見越してか、無聊《ぶりょう》を慰めるための様々な催し物が用意されている。お固い方では実習生達が出港以来温めてきた課題研究の発表会がある。

教室をのぞいてみると、皆パワーポイントを使いこなしてスマートにまとめていた。夜には「各科会」と名付けた慰労会が各科毎に開かれる。航海も無事に終盤を迎えた安堵感からか、船長の表情が明るくなってきた。

シンガポール

マラッカ海峡は水深が小さく、浅い所は二十五メートル位しかないので海水も黄緑色で海底が近そうにみえる。七月二十二日パイロットに案内されて錨泊地まで進んだ。周りには錨を入れた船が混み合っていて、案内が必要なのが納得出来る。ここで沖係りして明日はバージ船が横付けして燃料搭載作業の予定、目の前にシンガポールの高層ビル群を望みながら上陸はお預けである。

二十四日朝、シンガポールの西南にあるプラニ島の、シンガポール沿岸警備隊基地の専用岸壁に着岸した。沿岸警備隊の隊員が整列して敬礼で歓迎してくれる。プラニ島の半分は巨大なガントリークレーンの林立する荷役岸壁である。基地から橋を隔てて地下鉄の

マラッカ海峡からシンガポールの高層ビル群を望む

ハーバーフロント駅まで、夜の十一時まで無料バスが定期運行されているが、入域は厳しく制限されていて、我々もゲストとして発給された身分証明書を入場の度に示して荷物の保安検査を受けなければならない。

入港の日の午後から、実習生諸君に同行して基地の見学に出かける。シンガポールの国土は淡路島と同じくらいの面積で人口は約六百万人。守るべき海域が狭いので大きな船は必要ない訳だが、五人乗りから三十人乗りくらいまで数種類の最新装備の警備艇が二十隻ほど係留されている。

基地本部の施設は実に立派で、特に訓練施設は充実している。船の船橋の形に作られた五階建ての訓練建屋には操船訓練のシミュレーション設備があり、建物の下は深さ十メートルの潜水プールになっていて、船橋から海に飛び込む訓練もでき

シンガポールの名所「マリナベイサンズ　ホテル」

るという仕掛けになっている。ちょっと足がすくむ高さである。この建物の中には、迷路になった銃撃戦訓練室まであった。別の建物にはステージ、ホール、体育館、トレーニングジムなどがあり、屋上には立派な五十メートルプールも備わっていて、潤沢な運営費用が投じられていることがうかがわれる。このプールは入港中、こじま乗組員にも開放されていたので、有り難く毎日泳がせていただいた。

翌日地下鉄で街に出て、観光の目玉で有名なマーライオンの像の近くを歩いていたら、大通りが交通規制されていて戦車が車道を走ってくるのに遭遇した。最新型と覚しき流線型の戦車三十両ほどの

シンガポール独立50周年記念パレードの予行演習に遭遇した。

パレードで、沿道警備の兵士に聞くとシンガポール独立五十周年祝賀パレードの予行演習だという。兵士はおっとりした風貌の親切な若者で、そう言えばここは徴兵義務のある国だった、この人もついこの前までは学生か商店の若旦那だったのかもしれない。市民が拍手し、戦車の上から兵士が手を振って応えている光景には、日本の自衛隊との違いを感じる。

後日こじまの船上で行われたレセプションの時に、日本大使館防衛駐在官の一等海佐氏に聞いた話では、この国の防衛の主体は空軍にあって、最新の米国製ジェット戦闘機を百数十機備えているそうだ。もちろんその外に陸軍も海軍もある。周りに敵を作らないという賢明な外交を展開しながらも強力な武力を維持するという姿勢に、この国の堅実さ、したたかさを感じる。

もう一つ印象深かったのはこの国の地下鉄のこと。駅の設備といい、車両の美しさといい、これまでに乗ったどこの街の地下鉄よりも良く整備されていると感じたが、ふと気がつくと先頭車両にヘッドライトが点いていない。無人運行なのである。プラットホームは閉鎖式で、電車のドアとぴったり合った時に扉が開く方式なので転落事故の心配が無いし、案内表示は行き届いているのでホームに駅員の姿はない。しかし改札口には必ず係員がいて不正乗車を監視している。料金は距離に応じてカードで支払うシステムで、実に細かく合理的である。見方にもよるだろうが、これは人間の能力に頼らず、コンピュータの能力を最大限に働かせた管理システムであり、その裏には人間を楽観しない、いわば性悪説の考えがあるのであろう。少なくとも地下鉄に関してはこのシステムは誠にうまくいっていて快適であった。この国のあり方を象徴する例ではないかと考えるのは穿ち過ぎか。いずれにしてもシンガポール小なりといえども侮るべからずである。

エスニック体験

シンガポールは人種構成が華人系、マレー系、インド系、ユーラシアン（ヨーロッパ人との混血）などからなる多民族国家なのだが、各民族は融合するのではなく固有の文化、風俗を守って地域別に生活する傾向があるそうだ。

旅行案内書を頼りにインド地区に行ってみた。私はインドに行ったことは無いけれど、地下鉄リトルインディア駅を降りて通りに出た途端にここはインドだと思った。歩いている人の圧倒的多数がインド系で、インド風の装束を身に付けた人もおり、セラングーンロードという目抜きの通りは軒並みにインド系の金細工の店である。こんなきんきらきんの装身具を誰がどんな所で身に付けるのだろうか、想像の範囲を超えた異境の風俗に目をさらすのはいっそ楽しくもある。通りに面したヒンズー教寺院の壁の周りを飾る、様々な肢位をとった極彩色の神々の姿を見ていると、自分が今どこにいるのか忘れるような心地がする。

腹が減ったのでカレーを食べようと思ってレストランを覗いてみるが、大抵は皿に盛っ

リトルインディアにあるヒンズー教寺院。外壁を彩る様々の肢位の神々達

たインディカ米を、右手でカレー汁と捏ね合わせて食べるスタイルで、これは一寸敬遠し、チャパティの店があったので入ってみた。カレーはチキンにしてもらう。店先の鉄板で焼いているチャパティにはそば粉が入っているのだろうか、軽く香ばしく、風味がある。一枚八十セント、日本円で七十円位。チキンカレーは三ドルだった。周りの客を見ると、本式はチャパティを右手だけで包み込むようにちぎり、その一片でカレーをぬぐい取って食するものらしい。そんな器用な芸当は出来ないので不浄の左手も動員して美味しく頂いた。カレーはもちろんスパイシーでピリ辛ではあるが、ビールをのどに流

し込む必要はない程度であった。

地下鉄パヤ・レバ駅で降りて、船の科長さん達との会食を予約したレストランに向かう途中で覗いたゲイラン・セライ市場というのも面白かった。マレー・インドネシア系の人達の店が集まった所で、一階が市場、二階が食堂になっていて、強烈な香辛料と食材のにおいが漂っていた。市場には民族服、お菓子、雑貨の店などもある。その日は日曜だったので閉まっている店が多かったが、日頃はもっと珍しい、マレー系独特の食品などを売っているのだそうで、ゆっくり再訪したいと思った場所だ。

船の人達と食べに行ったのはプラナカン料理というシンガポールの名物料理を出す店で、中華料理が数百年掛けてマレーやインド、ヨーロッパ風とミックスして出来た料理なのだそうだ。確かに日ごろ食べる中華料理とは一寸違ってココナツミルクや木の実類がたっぷり使ってあるし、タルト風のヨーロッパの家庭料理のようなメニューもあったが、元々日本で万国ミックス料理みたいなのを食べつけているせいか、失礼ながらどこが有難いのかよく分からなかった。

プラナカンというのは元々料理の名前ではなく、その料理を生み出した、数百年前にシンガポールに住み着いた中華系の人々を指す言葉であるらしい。そう言えばこの店では、店の人もお客達も、外見は中国人に見えるのに中国語は全く使わず、こちらが片言の北京語で話しかけても反応がなかった。現地化された英語のみを使って生活する人達なのであろう。それに、中華系の料理なのにテーブルに出ているのはスプーンとナイフとフォーク、我々が日本人と判っていても箸は注文するまで出てこない。シンガポールの中華系の人々の中には、プラナカンのように、中国との間の根は切れて、もはやシンガポール人としか言いようの無い人達がいる事を実感した。思えばハワイの日系人と事情は似ている。

ホーカーズ

食に関してはシンガポールは誠に豊かで、レベルが高い。特に感心したのが「ホーカーズ」で、これこそシンガポールが世界に誇ってよい食の文化であろう。イギリス植民地時代にhawkerと呼ばれていた手押し屋台の店を、衛生管理のために一ヵ所に集めたものがホーカーズセンターで、通称ホーカーズと呼んでいるようだ。文字通り一間《いっけん》間口《まぐち》の食べ物屋がずらりと並んでいる様は壮観で、しかも中華系、インド系、マレー系と分かれており、

シンガポール名物、ホーカーズの店先と海鮮麺

ほぼ一軒が一品毎の専門店になっている。

船長に朝食を食べに連れて行ってもらったティオン・バル・ホーカーズというのはアパート群が立ち並ぶ住宅街の中にあって、一階が市場、二階が広大なホーカーズになっており、テーブルは朝から家族連れで一杯だった。沢山ある店先に並ぶ料理はどれも一品が三ドル、日本円二百八十円位だから外食で贅沢する感じではない。

さんざん目移りした揚句、魚のミンチボールと野菜の入ったスープ麺の魚団麺というのを注文。目の前で手早く作ってくれたのを、空いているテーブルに持って行って食べる。管理官の選んだ蝦の載ったちりちり冷麺もうまそうだった。福建麺という海鮮焼きそばや、鶏の炊き込みご飯に茹でた鶏肉がのっている「チキンライス」にも挑戦してみたい。

ホーカーズセンターのテーブルの間を、電動車いすに乗った「流し」の老人が廻っていた。歌っているのは歌詞は中国語ながら、メロディーは紛れもなく橋幸夫の「潮来笠」。カラオケに乗せて、この歌一本やりで、こぶしの効いたなかなか伸びやかなバリトンで歌って回るのである。異国で味わう不思議な演歌の魅力。

植物園とハウパービラ

自然の中を歩きたくなって、ボタニックガーデンという市立植物園に出かける。さすがにイギリスの植民地だっただけあって、一八五九年にはもう植物園が出来ていたのだそうだ。オーチャード駅で地下鉄を降りて、「イオン」の巨大モールの地下街の中を通って大通りを北西の丘の方に向かって歩いていくと、三十分くらいで植物園の入り口についた。入場は無料、芝生のプロムナードを過ぎて渓流に沿う小道をたどると、あちこちに弁当持参の団体連れが歌やおしゃべりでにぎやかだ。日曜日の楽しみ方として人気があるのだろう。

しばらく行くと国立オーチャードガーデンという蘭を集めた広い花園がある。七百種類以上の蘭が集められていて、ゆっくり見て回ると時間を忘れる。七月の赤道直下の森の中

植物園、ボタニックガーデンに咲き乱れる蘭の花

だというのにそれほど暑さは感じない。日本のような肌にまとわりつく湿度がないためだろうか。シンガポールの国花というスイートピーと胡蝶蘭を交配したような背の高いピンクの蘭が印象的だった。椰子の喬木に縁どられた広々とした芝生の中に池に囲まれた音楽堂があり、蓮池や原生林を保存した熱帯の森もある。ゆっくりと北に向かって歩いて三時間ほどで最近出来たばかりという地下鉄サークル線のボタニックガーデン駅についた。

シンガポール滞在四日目、入港中は医務官にとって全くの自由時間なので、色々と職務のある乗組員を尻目に今日もどこかに出かける予定だが、連日の町歩きで疲れた。船長のおすすめで、ハウ・パー・ビラという遊園地に行ってみることにした。地下鉄サークル線の駅が遊園地の真下に出来ていて便利。

ここは胡文虎と胡文豹の兄弟が作った、人形によるジオラマパークとでもいうような、奇天烈な見せ物公園である。この兄弟は東南アジアでは大変人気のある万能軟膏薬タイガーバーム（萬金油）で財を築いた伝説的な金満家として知られている。「虎豹別野」と書いてハウパービラと読ませてある。

俗中の俗とでも言うべき独特の大衆的雰囲気を持つ人形群には何ともいえぬ愛嬌が感じられる。例えば「十殿閻夢」という洞窟では、因果応報によって天国と地獄へ振り分ける裁判の場面や、罪状別の十大地獄の業苦の有様、来世が畜生道と決まって犬に変身しつつある亡者の様などを人形で絵解きしてある。かつて日本の寺院で、文字の読めない信者の為に坊さんが棒で指しながら、節をつけて語ったという地獄絵の絵解きの進化版といったところだろうか。

身の毛もよだつ残酷な場面の筈なのだが、鬼や亡者の表情に何となくペーソスがあって、気持ちのなごむものを感じてしまう。広い園内には白蛇傳や西遊記、勤勉と学問の功徳物語など、芝居の場面で人気のあるシーンが沢山展示してある。

これだけの施設を入場無料で開放しているのだから、胡さん一家の経世済民の熱情と人

ハウパービラの門

亡者が切り刻まれている地獄の有様

間愛を思うべきであろう。園内にある「華頌館」という展示館が休館になっていたのは残念だった。移民した華人の苦労や成功した人物を顕彰した内容であるらしい。こういうところから推察するに、多分胡さん兄弟は客家《はっか》なのではなかろうか。

帰港へ

七月二十八日シンガポール出港。代理店に頼んで置いた紅茶や菓子類が沢山届いている。これでお土産も足りるだろう。予定された寄港地での行程はすべて終了し、あとは元気に帰るだけである。

シンガポールから呉まで新たな同乗者が乗り組んできた。フィリピンとマレーシアの沿岸警備隊の若い士官六名と、その付き添いとして、海上保安庁からそれぞれの国に出向している専門官二名である。こじま乗船中は、日本の航海練習船の実務を見学し、呉入港後は東京での研修をするのだという。大変人懐こい人たちだ。アジア海域の沿岸警備を担う若い幹部達が個人的にも親交を深めておくことは、将来の業務連携を円滑にするためにも大切なことであろう。昨今の中国のルールをわきまえない海洋進出に各国が頭を痛めている状況にあっては、ことさらそうあって欲しい。

台湾とフィリピンの間のバシー海峡を抜け、波照間島、西表島、沖縄本島を過ぎ、黒潮に乗って奄美大島を東に、屋久島、種子島を西に見ながら北上した。

シンガポールを出てから不思議に天候に恵まれ、鏡のように静かな海を走る毎日が続く。航海科のベテランたちもこんなことは初めてだと口々に言っている。

満月の夜、甲板に出ると月光が手すりの影を床に落とし、明るい海上には船の引き波が長くつながって光っていた。南十字星を見たいと思って何度も甲板に出てみるのだが、月夜には夜空が明るすぎて、その後は雲と靄のためにとうとう見逃してしまった事が一寸心残りではある。

八月初旬というのに、台風が遠慮でもしたかのように掠りもしなかったお陰で、荒天に備えて取ってあった予備日

船尾の国旗も100日の航海でこの通り、お疲れ様でした。

が余って、予定よりも大分早く日本近海に達した。豊後水道を経て瀬戸内海に入り、八月五日朝、広島の宮島沖に投錨する。早く着いたのだからさっさと入港すればよさそうなものだが、そこは役所に属する船のことだから予定日を守って時間調整をするのである。午後には後甲板で最後の海上保安体操を行う。皆嬉しいのだろう、何時にも増して大きな掛け声で力一杯に体を動かしている。

それにしてもこの蒸し暑さはどうだ、宮島の原生林が湿気を立ち昇らせて景色が歪んでいるように感じられる。八月の日本はこんなにも暑い所だったのかとあらためて思い知った。シンガポールの方がよっぽど過ごし易かった。フィリピンから来た連中も同じ意見のようである。この夜、成就式と銘打って慰労会が学生公室で催され、遅くまで盛り上がっていたようだ。私は、数日後にはまた始まる日常の日々が思いやられるせいか、あるいはまたたく間に過ぎ去った百日間への喪失感が無意識に働いているのか、何となく元気が出なくて早々に自室へ退散した。

八月六日朝、白の制服を着用して、予定通り海上保安大学校専用桟橋に登舷礼で着岸。早速大学校講堂で帰港式が行われる。M船長が練習航海の無事終了と、実習生達が逞しく成長したことを誇らしく報告し、学校長が大いなる満足の意を表明して解散となった。お疲れ様でした。

海上保安大学校で行われた帰港式。この後解散となった。

出航から101日目、呉の海上保安大学校専用桟橋に無事着岸した。

終わりに

この百一日の航海中、大した病人も出ず、何とか船医の責務を全うすることが出来たのは何よりのことだった。

未知の街に、船橋から建物や港の様子を双眼鏡で見たりしながら刻々と近づいて行くのは何とも心躍る体験であった。岸壁に一歩を踏み出して街に入るのは、飛行機で訪れる旅行とはまた違った味わいがあるものである。次の港を訪れるまでの合間には、船室で思う様本を読み、しかも掘り出し物の本を図書室で探す楽しみまで味わうことができたのは望外の幸せであった。思えば誠に贅沢な旅であった。

気分の良い船の乗り組員や実習生達と知り合い、海上保安官の業務と苦労の一端をかい間見ることができたのも収穫であった。ひとかたならずお世話になった、こじまの皆様に深く感謝申し上げたい。

私にとって長年の仕事の疲れが癒され、大いに気分転換が出来たのは間違いないが、さて、かくも長く日常の業務から離れている間に、私の中にはすっかり閑居徒食の生活力が醸成されて、社会復帰が困難になっているのではないか、というのが一寸心配ではある。しかし、まあ何とかなるだろう、病院がだめなら又船に拾ってもらうという手もある。

　この航海が残してくれたものが他に何かありはしないか、その答えが何年か後に、酒でも飲んでいる時にふと心に浮かんでくる日があるかもしれない。

ニューヨーク
6/9～6/14
⇒
日付変更線通過
5/5
ホノルル
5/9～5/14
コスタリカ
5/27～5/31
パナマ運河通航
6/2～6/3

平成27年度 遠洋航海概要図

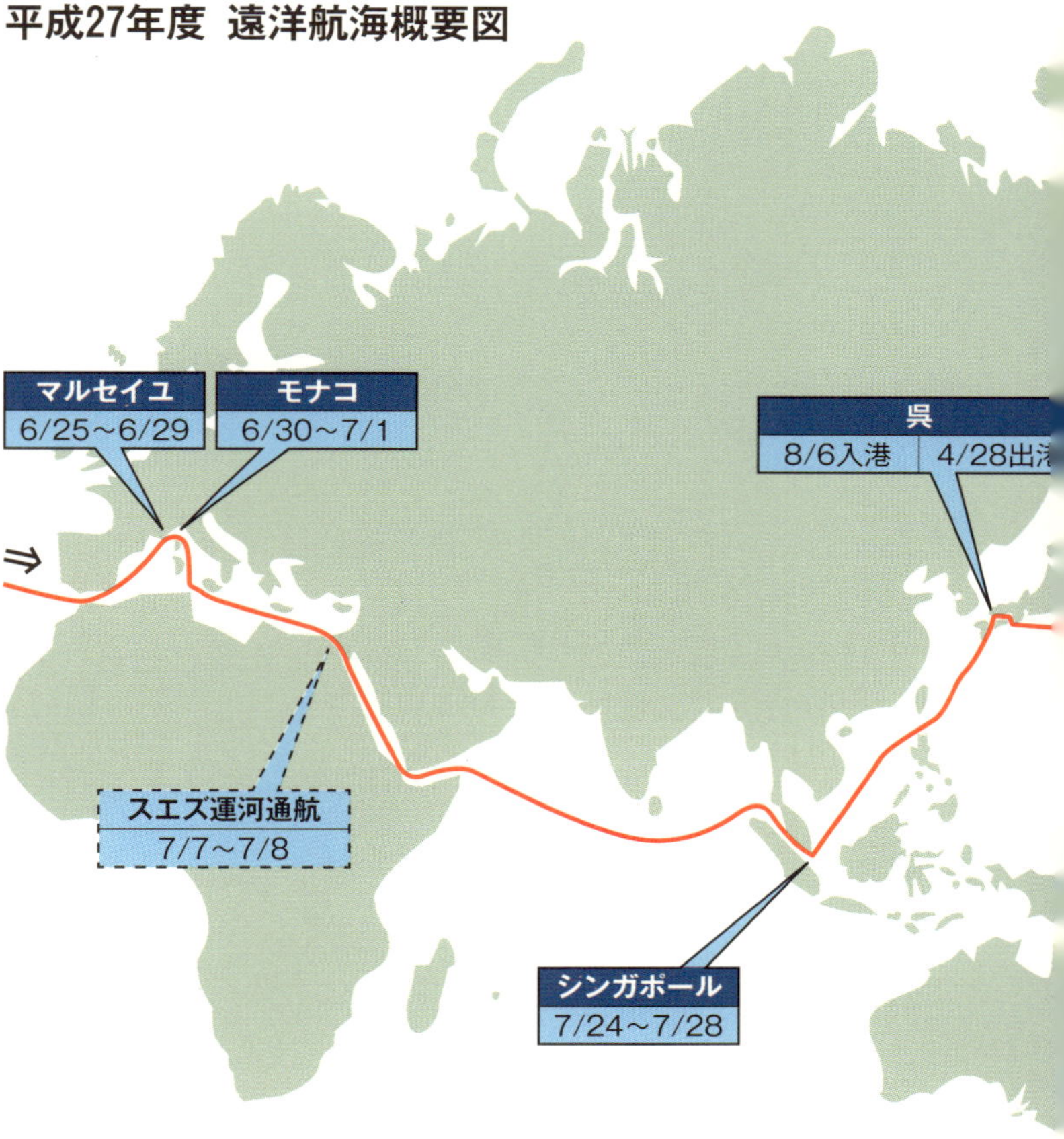

■航海日数　72日
■停泊日数　29日
■計　101日
■総航程　約24,300海里
※日付は現地時間

二、平戸で輝いた海の男達

海の男　ウィリアム・アダムズ

先日たまたま平戸市立図書館を訪れる機会があった。平戸城の石垣の横の高台に平成二十七年に建てられたばかりという図書館はワンフロアの広々とした空間からなっていて開放感があり、極めて居心地が良い。奥に進むと海に面した側はすべてガラス張りで、港とそれに繋がる平戸瀬戸の海峡を一望する事ができる。その日は快晴の初冬の一日で、丁度下げ潮の時刻に当たっていたらしく、玄界灘から寄せてくる潮が港の入り口にある黒子島に当たり、航跡のように連なる波が光っていた。黒子島は亜熱帯の植物が茂る自然保護区域で、古い社がぽつんと立っている他は全く人の手が入っていない。海峡に面した周りの海岸線にも人工の構造物はなく、今目にしているこの風光は数百年来変わっていないのだろうと思いながら、思いがけず恵まれた雄大な景色を飽かず眺めていた。

平戸の港が南蛮貿易の港として栄えていた十六世紀から十七世紀初頭にかけて、ポルトガル、オランダ、イギリスのガレオン船が来航した時にも海の様子はこのようであったろう、と想像する。

かの時代といえば、来航者たちの中でもぬきんでて大きく、鮮やかな事績を残した、ウィリアム・アダムズのことを思わずにはいられない。彼の墓はここから港を挟んで向かい側の、街を見下ろす丘の上にある。港の突堤に観光用に再建されたばかりのオランダ商館の白い倉庫と、数百メートル奥まったところにあったイギリス商館跡を結ぶ海沿いの道は、舗装されてやや広くなっている外は往古とほとんど変わっていない。アダムズら、オランダ、イギリスの商館の面々が行き来していた道なのだ。

平戸市立図書館はアダムズに関わる資料に事欠かない。折角の機会だと思って、目に付いた研究書を数冊借り出す事にした。

ウィリアム・アダムズの来航

ウィリアム・アダムズがオランダ船リーフデ号で豊後、臼杵の佐志布の海岸にたどり着いたのは西暦一六〇〇年四月、関が原の戦いが始まる半年前であった。オランダのロッテルダムの投機商人らが仕立てた五隻の武装船からなる艦隊に航海長として乗り込み、出港してから一年十ヵ月が過ぎていた。

出発の時期が遅れて順風の時節を失ったため出だしから大西洋で難航し、水と食料不足に苦しんだ。そこで協議の結果、当初の予定の喜望峰回りをあきらめ、西回りで太平洋を目指すことになった。マゼラン海峡の手前で四ヵ月にわたって越冬し、ようやく海峡を越えたとたんに荒天にみまわれて艦隊はバラバラになる。その後一隻は途中で引き返し、一隻はポルトガルに、別の一隻はスペインに拿捕され、一隻は太平洋で行方不明、リーフデ号ただ一隻が多くの難儀を経た末に豊後に漂着したのであった。この来航によりアダムスは日本に来た最初のイギリス人となった。船の状態は難破船さながらで、当初百十名いた乗組員中の生存者は二十四名、立って歩けるものはアダムスを含め六名のみという有様であった。

その生い立ち

ウィリアム・アダムズは一五六四年エリザベスI世統治下のイギリスで、ケント州のチャタムにほど近いジリンハムという港町に生まれた。奇しくもシェークスピアと同年で、名前も同じウィリアムである。おそらく船乗りであった父親はアダムズが幼い頃に亡くなっている。このためアダムズは十二歳の時から十二年間、テームズ河畔ライムハウスの造船所で徒弟として修業し、傍ら独学し、特に航海術を学んだ。やがて英国海軍に入り、一五八八年のスペイン無敵艦隊との決戦では弱冠二十五歳でイギリス艦隊の輸送船の船長としてドレーク提督の下で戦った。戦後結婚して二人の娘に恵まれているが、家でゆっくり過ごす時間は少なかったようで、その頃は英国の開運業バーバリー会社に勤めてアフリカ沿岸貿易に従事していた。一五九三～五年には、北極海を通って東インドに至る北東航路の発見を目指すバレンツの探検隊に参加したらしい。バレンツは「バレンツ海」にその名を残すオランダの探険家で、彼自身は一五九五年に乗船が氷に閉じ込められ、ボートで脱出中に命を落としている。この時に生還したアダムズはその後一五九八年に、東インドを目指すオランダ艦隊に航海長として乗り込んだのである。この時代のイギリスは、スペインからの独立戦争の只中にあったオランダを積極的に援助しており、英国人がオランダの船に乗り込むのは珍しくはなかった。まさに航海への憧れに魅入られた人生と言えよう。

十七世紀の日欧関係

ウィリアム・アダムズが来航した当時の日欧関係はどのようなものであっただろうか。もともと大航海の時代を先行したのはポルトガルとスペインであった。当初激しく競合していた二国はローマ法王の肝煎りで、大西洋上の子午線を境に西はスペイン、東はポルトガルと分ける条約を結び、世界の海と大陸を二分して独占していた。この条約によれば、日本に対して権利を有していたのはポルトガルであり、当初スペインはこれに従って遠慮していたのであるが、のちにフランシス派の宣教師らとともに来日するようになった。日本への最初のヨーロッパ人の来航は一五四三年に種子島に到来したポルトガル人によってなされ、この時に鉄砲がもたらされたことは有名である。

交易とカソリックの布教とを表裏一体として行ない、やがては相手地域の植民地化を図るというのがスペイン、ポルトガルの一致した方針であり、事実アメリカ大陸をはじめ東南アジアの諸地域で彼らの目論見が現実となっていくのである。

日本にもフランシスコ・ザビエル以来、宣教師が踵を接して訪れるようになり、ポルトガル、スペイン商人の生糸、毛織物をはじめとする交易とともにキリスト教信仰が燎原の火の勢いで広がりを見せた。

一方オランダは元々スペイン、ポルトガルが東洋からもたらす商品を北欧各地に転売する交易によって利益を得てきたのだったが、対スペイン独立戦争を始めてからは、中継貿易から締め出されることになった。そこでオランダは、独立戦争の戦費を獲得するためにも、スペインとポルトガルに独占されていた東洋貿易に直接食い込むことにしたのである。もとより海上での交戦、略奪を前提とした冒険的航海である。国が興隆するときの勢いと言うのは恐ろしいもので、わずか数十年前まではスペインの収奪にあえぎ、乞食扱いされていた哀れな小国が、瞬く間に富を蓄え、強勢な海軍国に成長していくのである。一五九五年から一六〇一年までに東洋貿易のために派遣されたオランダの艦隊は合計十五、船の数は六五隻にも及び、アダムズの乗るリーフデ号の艦隊もその中の一つであったわけだ。

徳川家康との出会い

アダムズが来航した西暦一六〇〇年は豊臣秀吉が死んで二年、当時五大老の筆頭として豊臣家勢力を凌駕する勢いを示していた徳川家康は、オランダ船来航の報告を受けると強い関心を示し、滞在していた大坂城に船の代表を呼び寄せた。病に臥していた船長に代わって、まともに歩けるアダムズと連れの一人がそれに応じた。イエズス会宣教師らは、敵対するオランダから来た一行に危機感を抱き、リーフデ号に積載されている大量の武器を海賊の証拠として執拗な悪宣伝に務めたのだが、家康は取り合わなかった。この頃、宣教師らの傍若無人の布教活動に嫌気が差していた家康にとっては、宗教抜きの交易は願っても無いところであった。

初対面の時、家康はアダムズを熟視し、色々の身振り手振りで意志を通じようとした。アダムズはポルトガル語が出来たので、やがて通訳が呼ばれて対話が始まった。まずどこから来たのか、遠路航海の目的、日本に至る航路について下問があり、アダムズが持参した世界地図でマゼラン海峡を示して説明したところ、家康は信じられないという表情をした。それから話題はアダムズの経歴、イギリスとスペイン、ポルトガルの戦争とその原因、宗教の違いなど様々な事柄に及び、延々深更まで続いた。

この二人は初対面の時から気が合ったようだ。アダムズは時に三十六歳、航海者として充分すぎるほどのキャリアと勇気を備え、不敵の面だましいであったことだろう。家康は五十九歳、この時代の武将には珍しく学問を愛し新知識の吸収に熱心であった。これまでにも儒学者　藤原醒窩を召して史書の講義を聴いていたし、兵学書、道徳修養書、医学書などを好んで読んでいた。時代に抜きん出た見識と教養を備え、先入観無く物事を見ることの出来るリアリストである。この後も大坂滞在中の四十日ほどの間に呼ばれて話をする事が度々であった。

その後アダムズは江戸に呼び寄せられ、家康のそば近くにあって下問に答えることになった。地理、数学、航海術、天文、国際関係、宗教についての体験的知識は家康を魅了するに充分であった。十一通残っているアダムズ自身による書簡は、語彙が豊富とはいえないまでも簡潔で的確な表現で書かれており、相当の文章力である。家康に請われて数学、幾何学などを教えて大変喜ばれていることからも広い教養を身に付けていた事が分かる。

やがて家康は関が原の戦いに勝利し、天下人としての歩みを着実に進めていく。アダムズは貿易や外交の助言者として仕えることになった。大名でもはばかって部屋に近寄らないような時でも、遠慮なくそば近くまで通ることを許されたという。

江戸小田原町に屋敷を与えられた他に、浦賀に近い三浦半島の逸見村に二百五十石の領地を与えられ、三浦按針という日本名を名乗ることになった。按針は羅針儀を司る者、即ち外航船のパイロットを意味する。髷は結わなかったが、侍の装束を身に付け、二本の刀を差していたらしい。かつては敵対していたポルトガル人たちからも頼りにされるようになり、アダムズは仇を恩で報いて彼らにも親切にしてやった。やがて家康に勧められて日本人の妻を娶り、二人の子を授かった。妻は日本橋大伝馬町の名主、馬込勘解由の娘で、子どもの名はジョセフ、スザンナと伝わっている。

アダムズはこうして家康に仕える身となったが、リーフデ号のほかの乗員も日本に留まっていた。リーフデ号は老朽化して、もはや航海に堪えられない状態となっていたが、漂着時に奪われた船荷の対価は家康の指示で支払われ、乗組員に分配された。彼らが携えてきた大砲、火薬は家康にとって必要なものであり、大坂城に豊臣秀頼勢力が健在であった当時、その運用に必要な要員として国内に留め置かれたのであった。

オランダ船の来航と平戸商館の設置

流され人同然の身の上であったリーフデ号の乗組員達にもやがて朗報がもたらされる。オランダでは一六〇二年オランダ東印度会社が設立され、ポルトガル、スペインと競合しながらジャワ島、マレー半島などに根拠地を築いていた。その情報を得たアダムスらは、家康に、オランダ船を日本に招来するための使者として出国の許可を請願した。アダムズ本人は留め置かれたが、船長カケルナックとサントフォールトの両名には許可が出て、一六〇五年に松浦候が仕立てたジャンク船でマレーのパタニに達し、オランダ艦隊に邂逅する事ができた。そして司令官にリーフデ号の消息と日本市場が有望であることを伝え、家康の貿易朱印状を手渡した。

諸般の事情で遅れたものの、ついに一六〇九年、待望のオランダ船二隻が平戸に来航した。オランダ船はポルトガル人が拠点としていた長崎を避けて平戸に入港し、領主松浦鎮信（法印）の熱烈な歓迎を受けて平戸に商館を建設することになった。アダムズは、家康とのパイプを活用してオランダ商館の顧問となるよう頼まれる。オランダ船の航海士として雇われていた経緯からして、断る理由は無かった。そして彼らの商業活動を助けるために、船が入港するごとに平戸を訪れるようになる。平戸の町中に家屋を借り受けて滞在中の住居とした。

　この時期イギリスも東インドに進出しており、ジャワ島のバンタムにはイギリス商館が出来たという情報がアダムズにもたらされた。彼は長文の手紙を書いて、オランダ船に託した。「一六一一年十月二十二日付け、平戸発ウィリアム・アダムズより未見の知友並びに同胞に送りし書簡」と、「ウィリアム　アダムズより彼の妻に送りし書簡」として知られる二通である。やがてその書簡はロンドンのイギリス東印度会社に届き、ウィリアム・アダムズの存在を強く印象付けることになる。この手紙の中でアダムズは海とともにあった自らの経歴と、リーフデ号の苦難の航海の経緯、及び自身の日本に於ける境遇について詳しく説明しており、これによって我々はウィリアム・アダムズの来歴と来航以後の経緯を知る事ができるのである。

イギリス船の来航

オランダに遅れること四年、一六一三年六月、英国東印度会社の船クローブ号が平戸に到着した。この年一月、アダムズはイギリス船の来日が近いのを知ってバンタムのイギリス商館あてに、来航の際はオランダ商館のある平戸でなく、江戸に近い浦賀を目指して入港するように書簡を送ったのだが、わずかの差でクローブ号の出港に間に合わなかった。最初の入港が機縁となって商館を平戸に設置したことが、後日の災厄の遠因となることを、この時イギリス人たちは知る由もなかった。

三十一歳の若き司令官ジョン・セーリスはアダムズに伴われて家康に謁見を果たし、ジェイムズ一世からの国書を届け、返書を受けた。さらに首尾よく日本国内での商活動に関する特許状を付与された。その内容は諸税免除、すべての港への入港許可、更に江戸居住権、在留英人に対する処罰権を保証されるなど驚くほど寛容なものであった。

イギリス商館を建設するに当たって、アダムズはあらためて建設地を浦賀にすることの有利を説いたが、セーリスは一時は同意したものの、結局平戸を選択した。大消費地の江戸に近い浦賀は交易の上で便利であるばかりでなく、競走相手のオランダ商館の妨害をうけず、平戸の領主やその親族の頻繁な贈り物要求や借金の申し入れからも逃れられる上に、浦賀での商館建設は家康の希望でもあったので、幕府からの多大の便宜が期待できるはずであった。セーリスにはその分別が働かなかったのである。

アダムズは当初の帰国の希望を翻し、セーリスの求めに応じてイギリス商館の館員になることを承諾した。ただし報酬を決めるにあたってはひと悶着あって、既にオランダ商館から支払われている年収百五十ポンドは高すぎると値切られて、結局年収百ポンドで我慢することとなった。商館長には一行の中の最年長のリチャード・コックスを任命し、アダムズを含めた数名の館員を残して、セーリスはバンタムに帰帆した。この時アダムズは北西航路探検のための船の派遣を東印度会社に要請する手紙を託している。

アダムズの行動の中で疑問に思うことの一つが、この時に何故一緒に帰国しなかったのかということである。実はこの時にアダムズは、あらためて家康に帰国の許しを願い出て、所領の朱印状を返還しようとまでしたので、ついに家康も折れて許しを出した。(所領は長子への世襲が許された)。英国東印度会社からは、アダムズの帰国の意志を尊重し、乗船する場合は最上の船室を提供するようにセーリスに指示が出ていた。イギリスを後にして既に十五年、先には妻への手紙を書いているのだから、帰りたい気持は強かったはずである。それにもかかわらず、結局残ることを選んだ理由について、アダムズ本人は、東印度会社の重役宛の手紙で、セーリスに謂《いわ》れない侮辱を受け、何回もプライドを傷つけられたので、と書き送っている。

セーリスの日記を見ると、その時の経緯を推察する事ができる。どうやらセーリスは初対面の時からアダムズとそりが合わなかったらしい。クローブ号が平戸に着いた時、アダムズは駿府の家康のもとにいて、使いの者の不手際で平戸に駆けつけるのがかなり遅れたことで先ずセーリスはいらだっていた。平戸ではイギリス人一同が大歓迎したのにアダムズは素っ気ない態度で受け流し、気難しいところを見せてセーリスを憤慨させた。イギリス船来航にあたり折角手紙で浦賀を指示していたのに、平戸に入港したのでつむじを曲げていたのかも知れない。更にはアダムズがオランダ商館の連中やポルトガル人とさえ親密で、日本の貴族である旗本身分となってサムライの格好をしているのを見て、セーリスは誤解してイギリスに対する忠誠心を疑った。一方アダムズからすれば、航海と日本でのキャリアにかけてははるかに格下の若い男に頭を下げる気持にはならず、傲然と構えていたであろう。セーリスは会社への報告書に、アダムズは気難しくて扱いにくい男で、せいぜい通訳の出来る一船長に過ぎないと書いている。また、コックスには決してアダムズを信用してはならず、金銭の扱いは任せるなとまで申し渡しているのである。家康に篤く信頼され、稀有の待遇を受けているアダムズが日英交易にもたらす便益が如何に大きいかを、またその優れた能力や、誇り高い愛国者であることをセーリスは理解していなかった。

帰国中止のその外の理由として推察されるのは、アダムズは成功者として故国に錦を飾るには持ち帰る財産や業績に不足を感じたのではないか。交易で大成功するはずのリーフデ号は船ごと失っているし、ひそかに目指していた北極海経由の北東航路発見はまだ端緒にも着いていない。日本で得ている境遇や家族にも捨てがたい愛着を感じていたであろう。あるいは契約期間の二年の間にイギリス商館員としての義理を果たして、多少の蓄財もし、その後で帰国するつもりであったのかもしれない。何れにしてもこうしてアダムズのイギリス商館員としての生活が始まった。

アダムズ再び海へ

厚遇されたわけではなかったにも拘わらず、アダムズはイギリス商館のために献身的に働いている。バンタムから商品を運んでくるはずの英船は一向に姿を見せず、品不足なので、イギリス商館は自前のジャンク船を仕立てて南洋貿易に乗り出すことにした。アダムズは商館長コックスの求めに応じて「シーアドベンチャー」と名づけたこの船に乗って一六一四年、次いで一六一五年にシャムに向けて航海している。一回目は嵐にあったために琉球に避難し、修理に手間取って季節風の時期を失ったのでやむを得ず帰ってきた。この時はささやかなお土産として甘藷の種芋を持ち帰り、これをもらったコックスは河内浦の畑に植え付けて日本最初の甘藷栽培に成功するというおまけがついた。二回目の航海は順調で大きな利益を商館にもたらした。交易品の売り買いに当たってもアダムズの人脈が大いに役立ったことは勿論で、商館長コックスにとってアダムズは無くてはならぬ人であった。

二年間の商館との契約期間が過ぎた後も、自身でジャンク船を購入して船主兼船長として交趾支那《コーチシナ》（現ベトナム）に赴き、精力的に商売を行っている。久し振りに外洋の波風に当たって、かつての航海者魂が目覚めたのであろうか、これ以降、一六二〇年に平戸で最後を迎えるまで、アダムズはほとんど毎年のように航海に出るようになるのである。

家康の死とイギリス商館の不振

家康が一六一六年、元和二年に薨じた事がその後のアダムズと、ひいてはイギリス商館の運命にかげりをもたらすことになる。家康は一六〇五年に将軍職を秀忠に譲ってからも駿府にあって天下ににらみを利かせ、実権を握っていたが、一六一四年と一五年の大坂冬、夏の陣で豊臣家の滅亡を見届け、その翌年に没したのであった。アダムズはシャムでの交易に成功し、七月にシーアドベンチャー号で平戸に帰港したときに一ヵ月前の家康の死を知らされた。落ち込んでいる暇も無く、悔やみと貿易特許状更新の申請のためにコックスと共に江戸に駆けつけるのだが、江戸城ではかつて受けた温かい待遇が掌を返したように冷たくなっているのを思い知らなければならなかった。家康のアダムズへの寵愛振りは秀忠初め新将軍周囲から嫉妬の眼で見られていたのである。

幕府の中枢は秀忠の取り巻きの重臣が占めることとなり、家康没後わずか三月で外交方針が大きく変わって、キリスト教禁教の徹底と貿易の制限が決められた。対英貿易特許状の全面的な更新の願いは拒絶されて、今まで日本国内の何処でも許されていた交易が平戸と長崎だけに限られたのである。江戸、大坂などに置かれていた販売店は閉鎖された。ただでさえ業績不振気味であったイギリス商館はこれ以降益々下行の道をたどることになる。

不振の要因の第一はオランダ商館との競合に敗れたことである。大坂の陣の際、一時は武器の商売で儲かった時期もあったらしいが、バンタムからイギリス商館に届けられる品揃えは市場調査不足で日本では人気のないものが多く、さっぱり儲からなかった。

同じ平戸に商館を構える二国は表面上は友好的に付き合う風を装いながら激しく確執しており、オランダ側はイギリス商館が仕入れる商品の情報を探っては常に商売の邪魔をした。何よりもオランダ船はスペイン、ポルトガル、支那の船を襲う海賊行為を常習としていて、それで得た元手要らずの物資で安売り商法を行っていたので、まともな商売では太刀打ちできる筈がなかった。ついにはイギリス船も襲われて、事もあろうに捕獲されたイギリス船が哀れな姿で平戸港に曳航されてきた。その船から捕虜となったイギリス人が脱出して、イギリス商館に逃げ込んだことからオランダ人との間の武力衝突まで起こっているのである。コックスはカンカンに怒って幕府に訴え出たが、海上での外国同士の争いには介入せずという尤もな理由で門前払いされている。

商館長コックスはやや商人としての機敏さに欠け、人が好くてしょっちゅう損をしていた。支那商人李旦には明国向けの密貿易を斡旋してやると騙されて大金を失っている。

こうして赤字が累積した挙句、とうとう一六二三年に英国商館は本国から撤退命令を受けることになるのだが、それはアダムズの死後のことである。

北方航路探検計画

来日して四、五年がたった頃、家康はアダムズに西洋型帆船の建造を命じた。かつて造船所で修行していた経歴を見込んでのことであろう。アダムズは自分は航海者であって本職の船大工ではないからと一旦断ったが、失敗しても責任は問わないとまでいわれて、伊豆の伊東に造船の適地を見出し、リーフデ号の乗組員の中の船匠の協力も得て、八十トン、続いて百二十トンのガレオン船を完成させた。結果は大成功で、家康に大いに賞賛されて、恩賞として領地を与えられたのである。この二回の造船に参加した日本の船大工にイギリスの造船技術が伝わり、後に支倉常長がノバイスパニア（メキシコ）に渡航したときの船は国産の西洋帆船であったという。アダムズは自ら建造したこの百二十トンのガレオン船に乗って、本州東北沿岸の航海を試みている。先に触れたように、彼にはかねて北東航路発見を日本側から試みたいという野望があったので、この航海はそのための予備調査であったと思われる。残された未知の領域に挑む北方航路の開拓は、この時代の航海者にとって共通の、憧れの対象であった。

アダムズと家康の間が親密さを増していった頃、北西航路探索は二人の共通の話題になっていた。家康はこの話題に大いに興味を示していて、常々意識の中にあったものらしく、セーリスがイギリスの国書を持参して、アダムズに連れられて挨拶に来た時も、彼らの来日の目的には日本側からの北方航路探検があるのではないのか、と問うた。アダムズが、まだ具体化はしていないが、本国からの指示があれば喜んで出かけたい、と答えると、その折には蝦夷地へ指示を出して便宜をはかってやろうと言っている。松前や蝦夷地は既に徳川幕府の威令の範囲に属していた。

その後、アダムズが建造した百二十トンの船は、スペインの遭難者に与えられた。マニラからノバイスパニアに向かう途中日本沿岸で難破したマニラ総督を含む遭難者と、交易を望む家康の書簡を携えた使節二十二名を乗せてアカプルコに向かったのである。一行は無事到着したものの、船体は返還されずアダムズを悲しませたが、家康の後押しにも力づけられて、アダムズの北方航路への野心は最後まで消える事が無かった。

先に触れたように、セールスがバンタムに帰帆する時に、アダムズはイギリス東インド会社宛に書簡を託して北方航路探検を熱心に提案している。その内容は、探検航海を行うについて有利な条件として、①家康から蝦夷地探索の援助が約束されていること、②探検のための船は日本で安く建造できるし、優秀な日本人の船員を雇えるので、会社は船の建造費用とベテランの船員わずか十五〜二十名を出してくれるだけで充分であること。③自分は既に日本語に習熟している上に朝鮮語と韃靼語を習得するつもりであり、探検の際の言語に問題はないこと、などをあげて、絶好の機会であることを力説するのである。これに対して、当時の英国東インド会社はスペイン、ポルトガル、オランダとの抗争や、船や商品の確保で手一杯で探検どころではなく、アダムズの提案は無視された。

一六一六年に家康が亡くなると援助の約束もうやむやとなって、折角のチャンスは失われたように思われるのだが、その後もアダムズが営々と南海貿易に励んだのは、こつこつと費用をためて、来るべき探検の実現に備えていたのではないかと想像することも出来るのである。江頭 巌氏の著書「三浦按針と平戸英国商館」の中から関連部分を引用しておこう。「もしアダムズの日本を基点とする北西航路の開発という画期的な大計画が、かりに実行されていたならば、たとえ北西航路の全面開拓が不成功に終わったとしても、蝦夷地の調査、千島・樺太の発見や幻のアニアン海峡の実態を明らかにして、ベーリング海峡の発見等をもたらし、世界の地理学上長い間のTerra Incognita（未知の土地）であった北辺の事情を一挙に明らかにする事ができたであろう。」まことに惜しい機会であったと言えよう。

アダムズの語学力

ウィリアム・アダムズの語学力には感心させられる。オランダ船であるリーフデ号に航海長として乗り組む前にもバレンツの北東航路探検に参加しているので、オランダ語は母国語同様に使いこなせた。ポルトガル語、スペイン語にも不自由しなかったらしい。スペイン語で書いた手紙も残っている。その為か、逸見村の彼の館にはポルトガル人、スペイン人の商人が頻繁に訪れていて、カソリックの宣教師をかくまっているのではないかと噂を立てられて大迷惑をしたくらいである。

最も驚くのは日本語の能力で、来日後数年で家康と通訳なしで話が出来るようになっているし、一六一三年ジョン・セーリスが、ジェイムズI世からの国書を家康に届けたときの翻訳は、アダムズがかな書きで訳したものを祐筆が文書にしたのである。家康からイギリス国王あての返書の英訳もアダムズが手がけている。十二年の滞在中に外交文書の翻訳ができるまでに日本語を習得し、かな書きながら日本文を書くことさえ出来たのである。当時の墨書された草書体の文字は、仮名といえども今日の我々には読みこなすのさえ困難であることを思うと、よほどの精進の末だったろうと頭が下がる思いがする。この時の翻訳はもちろん本邦最初の英文和訳、及び和文英訳ということになるわけで、日本の英文学にとって、アダムズは元祖というべき存在と言えよう。

更に、バンタムにいたトーマス・ベスト船長宛の手紙の中では、北西航路発見の目論見について述べて、「自分が日本に留まっている理由は、探検に備えて朝鮮語と韃靼語を習得するためだ」と書いている。五十歳になってのこの意欲、よほど語学の才能に自信を持っていたのであろう。

アダムズの死と残されたもの

一六一九年八月、最後の航海となった交趾支那トンキンへの渡航から帰ってくると、アダムズは体調を崩して寝込むようになった。それでも時々はコックスの仕事を手伝ったりもしていたようだが、徐々に弱っていき、回復はおぼつかないと悟ったアダムズはコックスら商館員を立会人として遺言状を作成した。本人他六人の署名入りの正式なもので、後に本国に送られて遺言の検認を受け、現在はロンドン市庁舎図書館に保管されている。

死は一六二〇年、ユリウス暦五月十六日に平戸の自宅においておとずれた。時に五十六歳。遺産目録によると、近親者への遺贈品を除いた動産は英貨換算で四百九十三ポンド強、かなりの高給であった筈のアダムズの年俸が百ポンドであったことを考えると、一財産というに値するくらいの額であったろう。遺言によって半分はイギリスに残された二人の娘に、半分は日本の息子と娘に分け与えられた。平戸で妾に産ませた子供があったらしいが遺言状には記載されていない。逸見の領地は幕府によって遺児ジョセフに授けられた。ジョセフは二代目三浦按針として少なくとも五回シャムと交趾支那に航海している。航海者として後を継いだのである。逸見村の鹿嶋神社の寛永十三年（一六三六年）の棟札に大檀那三浦按針と書かれているのは、ジョセフが父親の供養のため寄進したものであろうと考えられている。しかしその後のことは伝わっておらず、どうやら血筋は絶えたものらしい。イギリスの二人の娘のその後も伝わっていない。

一六二三年、足掛け十一年でしかなかった平戸イギリス商館は撤退を余儀なくされ、イギリス船の来航は禁止された。日英の国交が再開されるのは幕末、一八五四年（安政元年）日英和親条約が批准されるまで待たなければならなかった。

アダムズの墓

平戸のイギリス商館長コックスの日記によれば、イギリス商館は一六一三年に商館員ウィリアム・ボーリングが死去した際に、「キリスト教徒を葬るべき墓地を求めて、これを得た」。更に一六二一年三月には、相当の費用をかけて、延べ人数であろうが七百人もの人夫を雇って十三坪あったその墓地に板塀を建てたと記されている。

平戸商館があった足掛け十一年間に死亡したイギリス人は四名であり、いずれもこの墓地に葬られたと考えるのが自然であろう。その墓地のあった場所は、すでにオランダ商館が設営していた共同墓地に隣接していたと推定されるので、現在「三浦按針之墓」が建てられている平戸市遠見丘のあたりのどこかであろうと考えられている。墓地の所在がはっきりしないのは、それが徹底的に破却されたからである。

一六三九年に「藩主　松浦隆信の母はキリシタンである」と訴えて、平戸藩の存亡を揺るがした浮橋主水事件があり、一六四一年にはオランダ商館の長崎移転があった。この反動もあってか、平戸では外人墓地を含めて商館や居留地の跡など、イギリス、オランダの名残を示す遺物は一切残らぬように処分されたのである。そのため今に至ってそれらを観光資源にしようにも、わずかに残された土塀の名残や、掘り出された瓦礫の類しか見つからないのは残念なことだ。

アダムズの墓地については明治以来諸説があり、昭和六年には平戸警察署や町役場の吏員立ち会いの下に遠見丘の一角で発掘が行われた記録がある。結果は西洋式の寝棺が葬られたことを示す頑丈な洋釘、頭部、側部の骨片が出て、西洋人の墓と推定されたという。しかし、その折の出土物は残されておらず、埋め戻されたのではないかと言われているらしい。もちろんアダムズの墓であるという確証はない。

ところが今年、二〇一七年にいたって墓地発掘の新たな動きがあった。イギリス人の篤志家から寄付金が寄せられたことを契機として、平戸市役所が昭和六年の発掘場所の再発掘を行うことが決まり、六月に実施されたことがマスコミで報道された。

仮に遺骨の一部が出てきたとしても、アダムズの血を引く事が確実な子孫のＤＮＡと照合できるのでない限り、何ほどの意味があるのか定かでないが、思えば三年後の二〇二〇年はアダムズの没後四百年という記念すべき年に当たるのだ。話題作りとしては絶好のエピソードにはなるのだろう。

今後数年、ウィリアム・アダムズの顕彰はますます盛んになるに違いない。

文献

江頭　巖　「三浦按針と平戸英国商館」　山口書店　一九八〇
皆川三郎　「William Adams 研究—歴史展望と人間 Adams—」　泰文堂　一九七七
皆川三郎　「英人の見た徳川初期の世相—平戸商館長日記より—」　泰文堂　一九八一
菊野六夫　「ウィリアム　アダムズの航海日誌と書簡」　南雲堂　一九七七
幸田成友　「日欧通行史」　岩波書店　一九四二
p・G・ロジャーズ　「日本に来た最初のイギリス人　—ウィリアム・アダムズ＝三浦按針—」新評論　一九九三

鯨取りの華　羽指と呼ばれた男たち

肥前生月島の鯨取り

江戸時代、五島列島から玄海灘にかけての西海に、羽指《はざし》と呼ばれる男達がいた。西海だけでなく、土佐、紀州、房総の海にもいた。羽差、刃刺、波座士とも表記された彼らの仕事は鯨取りである。彼らは十数人が乗り組む八丁櫓の早船を走らせ、鯨に肉薄して銛を打ち、冬の海に飛び込んで鯨の体に穴を開けて綱を通し、最後に止めを刺した。これらの作業を成し遂げるためには高い身体能力と判断力、熟練と度胸が求められた。しかもそれが危険極まりないものであったがゆえに、彼らは鯨取りの華として人気と尊敬を集めていた。

当時の捕鯨は鯨組と呼ばれる数百人規模の集団で営まれた。当然資本を提供する経営者の存在がなければならない。肥前、生月島では享保年間、一七三〇年ごろに畳屋を屋号とし、後に益富と名乗ることになる商業資本家が鯨組の経営を始めた。益富組は紀州で新しく工夫された、鯨に網を掛けて確保し銛で突取るという捕鯨法を導入して成功をおさめ、やがて事業を拡大してついには壱岐を含む西海一帯に六組の鯨組を擁する日本一の規模の捕鯨業者へと発展するのである。

当時の壮大な捕鯨の様子については幾つもの絵巻や見聞記が残っている。中でも捕鯨が最も活況を呈していた天保年間に、益富家の依頼に応じて平戸藩の殿様が主導して作った「勇魚取絵詞」には生月島の御崎浦で行われた捕鯨の様子が臨場感あふれる絵図と文章で示されている。この絵図に従って羽指が活躍した往時の鯨取りのありさまを見てみたい。

絵図に見る鯨取りのありさま

御崎浦は生月島の北端にあり、五島灘と玄界灘の境界に位置している。鯨の回遊には冬、子育てのために南下していく下り鯨と、春、南の海域から豊富な餌を求めて北上してくる上り鯨があり、西海の各漁場では各々の漁期を対象に冬浦、春浦と呼ばれる沿岸捕鯨拠点が設けられていた。稀有なことに、生月島漁場はその両方の時期のいずれにも鯨が回遊してくる条件に恵まれており、極めて操業に有利であった。狙う鯨は背美鯨を最も上ものとし、ザトウ鯨、コク鯨、いわし鯨などで、いずれも体長二十メートル前後はある大物である。マッコウ鯨の回遊は比較的珍しく、シロナガス鯨は大きすぎて敬遠された。

御崎浦には納屋場という鯨の加工処理場、兼管理事務所があって、捕鯨に必要な網や銛、各種の刃物、樽などの製作、補修をする諸施設も付属した一大捕鯨基地となっていた。その周囲の、海を見晴らすことのできる高台には山見という観測所が幾つもあり、山見番たちが一日中はるかな海面を見張っている。彼らは鯨が姿を現すと海上に待機している船にいち早く合図を送る。のろし、幟旗などを組み合わせて、旗の上げ下げや振り方など様々な約束事によって鯨の位置、進む方向など多くの情報を伝えた。

海上には全部で四十艘ほどの船が待機して山見からの合図を待っている。これらの船には羽指が三十人と見習い数人、櫓を漕ぐ役目の加子《かこ》が四百人ほど乗り込んでいる。鯨を網の張ってある場所に追い立て、肉薄して銛を打つのが役目の勢子船が二十艘ほど。一番船には一番親父と呼ばれる最上級の羽指が乗り組んでおり、船の舳先に立って、長大な采配を振って全体の漁の指揮を執った。このほかに二番船と三番船の羽指はそれぞれ二番親父、三番親父と呼ばれ、役羽指として一番親父を補佐した。船の上の羽指のいでたちは、冬といえども締め込みだけの裸の上にドンザという分厚い刺し子の着物を大小二枚、直接羽織って縄で締めている。勢子船は最も快速を要求され、機敏に動き回る必要があり、八丁の櫓を十二人の加子が息をそろえて漕ぐ。舳先には勢子船であることを示す茶筅と呼ばれる船飾りが着けてあり、船底には波の滑りを良くするために漆が塗られていた。紀州では勢子船の船縁には、乗り込む羽指の格に応じた絵柄の美しい蒔絵がほどこされていたというが、西海ではその点は地味だった。

一番親父が予想した鯨の進路に網を広げるのが双海船の役目で、網戸《みと》親父という双海船一番舟の羽指が網入れの指揮を取った。二艘が一組になって網を展開し、三組の双海船が一部を重複させて三重に張る。網を張る網代には海岸線に近い、深さが網の長さとほぼ同じ十八尋、三十メートル程度の場所が選ばれた。鯨に網の底をくぐり抜けて逃げられないための工夫である。勢子船は鯨を逃がさないように回り込み、船端を叩いたり、早銛という小型の銛を投げて網代に追い込んでゆく。鯨が首尾よく網に入ると、羽指達が勢子船の舳先に立って萬銛《よろずもり》を打ち込む。萬銛は勢子船と鯨を繋ぐための銛で、長さ四尺（一・二メートル）重さ一貫五百匁（五・五キログラム）の軟鉄で出来た銛先に八尺の丸太の柄が取り付けてある。この重い銛を、膂力を振り絞って中空に向かって投げ上げると、落ちるときの勢いがついて皮を破り肉に深く刺さるのである。銛先の先端には鯨の体から抜けないように大きな「返し」が両方向につけられており、根本にとりつけられた環には丈夫な綱が結ばれていて、綱の先端は船につながれている。鯨が暴れると柄の丸太が外れることもあるが、軟鉄でできた銛先は自在に曲がって体に食い込み、折れることはない。萬銛は十数本

が打ち込まれ、中でも最初の一番銛を打つのは栄誉とされた。鯨は銛に結ばれた綱と、頭に絡みつく網を引きずりながら、泳いで懸命に逃げようとするものの、やがて力尽きて動きが鈍くなってくる。

鯨が弱ってきたら、鯨の両側を挟むように持双船《もっそうぶね》が移動してくる。持双船は鯨を確保し、納屋場まで運ぶ役目の船で、大きさは勢子船より一回り大きいか、大して変わらない程度だった。羽指は勢子船から持双船に乗り移り、今度は剣と呼ぶ長い柄付きの鉾状の刃物を、銛の時と同様上向きに投げて内臓まで刺し通す。剣には「返し」がついていないので取り付けた綱を引いて抜き取り、繰り返し刺した。剣が心臓に達したら鮮血が激しく吹き上がり、羽指達は朱にまみれたという。鯨が十分に弱ってきたら、仕上げの作業が鼻切りである。一番親父の合図で若い羽指がドンザを脱ぎ捨て、鼻切り包丁と呼ぶ刃渡り三十センチ程の包丁を口にくわえて海に飛び込み、鯨に泳ぎ着いて上に登る。鯨の背中は滑りやすいが、打ち込まれた銛を手掛かりに這い上がるのである。鯨の鼻腔にあたる汐吹穴の左右を包丁でえぐって障子《しょうじ》という鼻中隔の部分に穴をあける作業を鼻切りといった。この段階でも、鯨が思いの外激しく暴れだして強力な尾びれで船を叩き壊したり、羽指もろとも海に潜ったりすることがあり、鼻切りは最も危険な作業であった。背中にとりついたまま一緒に海に沈んだ羽指が再び浮かび上がり、鼻切をやり遂げた合図に包丁を振ると、固唾をのんで見守っていた一同からやんやの喝采の声が上がったことであろう。別の羽指が綱を腰に巻いて飛び込み、開けた鼻切穴に綱を通して持双船につなぐ。これを障子釣りといった。鯨を挟んで並んだ二艘の持双船の間を前後数本の持双柱で横につないで結合させると、羽指が鯨の下を潜って胸と腹に綱を回し、鯨を釣り上げる形にして両端を船に固定する。持双掛けと呼ぶ作業である。背美鯨とマッコウ鯨は脂肪分が多いので死んでも浮かんだが、それ以外のザトウ鯨などは沈んでしまうので、死ぬ前に手早く持双掛けを行う必要があった。こうして沈んだり流されたりすることのないように鯨を確保すると、剣で最後の止めを刺す。鯨が声をあげて息絶える時、一同は念仏を三遍唱え、鯨唄を唄った。子連れの雌を取った時は特に殺生の罪悪感が強かったという。

沖から浜までは、勢子船が引き船の役を引き受け、力を合わせて漕いでいくのである。浮力を利用した鯨の持双掛けは、古来築城のために大石を運ぶ際などに用いられた方法の応用である。

その間に、その日の一番銛を打った船が注進船となって納屋場に急行し、羽指が漁の次第と成果を報告した。浜では納屋場の筆頭支配人が威儀を正して口上を受け、一番銛の羽指には酒二升が贈られ、早速振舞われた。

これから納屋場は文字通り戦さ場のような忙しさとなる。今も残る御崎浦の海岸は小石の浜になっているが、「勇魚取絵詞」を見ると鯨の解体が行われた浜の中央部を囲んでコの字型の石垣が組んであり、石垣の上には人力のウインチである轆轤《ろくろ》が多数設置されている。轆轤は地中に差し込まれた心棒に、十字型に横棒が取り付けられ、これに数人が取りついて臼を回すように回転させて綱を巻き取る装置である。これを使って鯨を浜に引き寄せるだけでなく、鯨体に切れ目を入れて皮を剥ぎ取る作業にも使っている。納屋場は大納屋、小納屋、骨納屋と、役割に応じた建物があって、それぞれ分業化され段取りの決められた手順に従って効率よく解体作業がすすめられた。最終的には鯨油、赤身肉、皮身（白身肉)、内臓、髯、頭部の軟骨（これは粕漬けにされる)、油を採った後の脂肪組織、骨粉に至るまで余すところなく利用され、商品化された。納屋場で働く常勤の職人以外に臨時の雇い人が数多く集められて、彼らに供する白米のおにぎりや汁、漬物の用意をする者に至るまでが仕事にありついた。まさしく鯨一頭で近隣の七浦が潤ったのである。

羽指たちは海に次の鯨が現れない限りはお役ご免となって、舟や銛などの手入れを行った後は、ひと風呂浴びて晩餐に備えていたであろう。

羽指踊りと羽指のファッション

日本中のどこの鯨組でも「羽指踊り」という芸能が行われていて、鯨取り発祥の地とされる熊野の太地あたりから各地に伝えられたのだろうといわれている。生月の「勇魚取絵詞」も最終章は羽指踊りの図で締めくくられている。羽指踊りは、組出し（その歳の漁期の始まり)、正月、組み揚がり（漁期の終了）の時に、締め太鼓と鯨唄にあわせて羽指たちが輪を作るように連なって踊るものであったらしい。まず氏神や恵比寿社の神前で海上安全と大漁を願って踊りを奉納し、そのあと納屋に移って酒席で踊った。絵図を見ると、羽指たちは上半身諸肌脱ぎになって、片足を踏み上げ、両手の手振りおかしく円陣を作って踊っている。皆力士のように肥え太っていて背も高く、周りに座っている旦那衆よりひとまわり以上も体格が良い。彼らの肌は寒中に船端に立っている時も真っ赤で艶々していたという。冬の海を裸で泳いで鯨の鼻切りをし、鯨の腹下を潜って持双掛けをするのが稼業である彼らの肌は海水を弾くほどに脂の漲った状態でなければならなかった。

輪に並んで踊る彼らの姿は、髷にも共通した特徴が描かれている。当時の一般人の髪型と違って月代《さかやき》を少ししか剃っておらず、髻《もとどり》を長く、大たぶさに結った髷の形である。海中で疲労と寒さで人事不省に陥った時、髻をつかんで助け上げるのに便利なように髪の量をたっぷり残した髷にしたのだと伝えられている。しかし、そういうふれ込みでこの髷に結っていると、さぞかしモテたのではなかろうか。なにしろ髷の結い様は、江戸のファッションの要であったのだから。

名著「日本捕鯨史話」を書いた福本和夫は、江戸時代に鯨取りで栄えた場所はかつて海賊が活躍していた地域と一致していると指摘している。紀州熊野は九鬼氏、向井氏などの熊野海賊の故地、土佐の捕鯨家多田氏もかつて長曾我部氏に仕えた水軍であった。西海の五島、松浦はもちろん倭寇や松浦水軍で知られる。各地の羽指たちの資質がその血を引き継ぐものであったと想像するのは、無理なことではなかろう。

羽指、エトロフに行く

西海の捕鯨業が軌道に乗っていた寛政十二年（一八〇〇年）、益富家は平戸藩を通じて幕府から蝦夷地エトロフ島での捕鯨事業開拓の調査を命じられる。当主の兄で、平戸藩の士分に取り立てられていた山縣二之助が連絡役になり、生月から羽指二名がエトロフ島に派遣された。彼らは三月七日に下関から高田屋嘉兵衛の持ち船「辰悦丸」に乗ってエトロフ島に渡り、二十五日間現地調査を行い、九月末に江戸に帰ってきて結果を報告した。

山縣家文書に残されているその次第は、「蝦夷地には座頭鯨はたくさん見えたものの、海が深くて網代になるようなところがないので捕鯨は容易ではないようだった。エトロフ島は殊のほか遠方である上に、荒海であるため船の通行も困難で、すべてにおいて不便な土地であった。」という内容である。同じころ益富家が幕府に提出した見積もりでは、「一組の鯨組創設にかかる費用は合計約二万七百九十両」と試算している。その結果、幕府は鯨組設置を一旦見合わせている。ところが七年後に、堀田正敏が蝦夷地防衛総督に任ぜられるに及んで、すでに隠居の身であった平戸の殿様、松浦静山を呼び出したりして鯨組創設の再検討をしているのである。

幕府が急にこんなことを言い出したのは、当時、蝦夷地や千島列島などにロシア船がしばしば来航するようになり、海防の必要に迫られたからである。寛政四年（一七九二年）にはラクスマンが大黒屋光太夫らの漂流民を送り届けるのを名目に通商を求め、ついで文化元年（一八〇四年）にはレザノフが来航、さらに二年後には樺太でロシア人が狼藉を働くということがあった。寛政十一年には東蝦夷地を松前藩領から幕府直轄領に変えている。

それがまたどうして鯨組設置に結びつくのかというと、まず徳川八代将軍吉宗の事績がある。吉宗が紀州徳川家の出身であることは有名だが、江戸湾の武備を固めるにあたって、お船倉にあった軍船の不具合に気付き、これをかねて見知った紀州の鯨船の形に改めるように命じた。のみならず、享保年間の異国船追い払いの出動に際しては鯨船を多く参加させている。更にその百年後には、頼山陽が、水軍訓練の士卒には捕鯨の実習を学ばせるべしという主張を発表した。直近の寛政六年（一七九四年）には江戸の画家、司馬江漢が長崎遊学中に一ヵ月にわたって生月の益富家に滞在し、捕鯨に同行した見聞をもとに、実景を多く掲載した「西遊旅譚」を上梓して話題になっていた。

これらの記憶が頭にあった幕閣たちは、今の世で海上の戦力として使い物になるのは鯨組くらいしかないと思い至り、彼らを蝦夷地に定住させてロシアに備えようとしたのである。

同じころ全国遊歴の途中に益富家を訪れ捕鯨を見聞した大槻清準も、捕鯨を有望な産業としてのみでなく、海防の手段として重要と考えていた。大槻清準は大槻玄沢（盤水）の親族であり、昌平坂学問所から扶持を受け、やがて仙台藩の藩校の学頭となる好学の士である。幕府は彼に鯨組の実態や捕鯨業のあらましを知るための解説書を書くように命じた。これに応じて急拠執筆されたのが「鯨史稿」であり、文化五年（一八〇八年）に完成している。この中の巻之六には次のような記述がある。「海防の備えとして、鯨組を置く以上の良策はない。何事もないときは捕鯨をし、万一ことが起きたら、海上での戦いの備えにしておけば、最高の海防の武備である。鯨船以上の頑丈な船はなく、その漕ぐ速さも鯨船以上のものはない。鯨船は軍用に最高の船であり、また、銛も武器として役立つものである」。

羽指らが活躍する勇壮な捕鯨の現場を目の当たりにしたことがよほど印象に残っていたのであろうが、軍艦に乗ってやってくる相手に対して鯨船で立ち向かうというのはいくらなんでも無茶である。時勢とはいえ、こんなことを大真面目で考えるのが当時の海防であったのだから、まことに幕末の日本は危うかった。

結果的に蝦夷地に鯨組が置かれることはなく、ロシアやアメリカの軍艦に勢子船から萬銛を投げたりする羽目にはならずに済んだのは、生月の羽指をはじめ鯨組の好漢たちにとって幸いであったと言わねばならないだろう。

「勇魚取絵詞」は益富家からの資料と資金の提供を受けて、平戸藩の殿様であった松浦静山、熙《ひろむ》父子が中心になって企画、刊行したものと考えられており、数ある捕鯨図説の中でも傑作と評価されている。静山は「甲子夜話」二百七十八巻の著者として高名であり、次代の熙も「平戸八景」を選定したり、出版に関心を示すような文人大名であった。「勇魚取絵詞」の版木と版本二冊が平戸の松浦資料博物館に保存されている。

資料によれば、益富組が享保十年から明治六年までの百四十二年間に取った鯨の総数は二万千七百九十頭であった。これに対して平戸藩に収めた運上金は約七十七万両、その他に二十四万両の貸し付け金や、「勝手向き難渋」の折の諸々の献金を拠出している。これに加えて、納屋場の米代（藩が販売した）だけでも四十七万両など、鯨組の雇用や消費を介しての間接的な経済効果もあった。江戸末期には新田開発や築堤などの土木工事などへの投資も行っており、益富組の捕鯨業が平戸藩に貢献した役割は大きなものがあった。

現在、生月大橋を渡ってすぐの場所に開設されている平戸市生月町博物館「島の館」には、捕鯨現場のジオラマを始め、往時の捕鯨の有様を伝える多くの資料が展示されている。

文献

福本和夫「日本捕鯨史話」法政大学出版局　一九六〇
中園成夫　安永　浩「鯨取り絵物語」弦書房　二〇〇九
森　弘子　宮崎克則「鯨取りの社会史」花乱社　二〇一六
中園成夫「鯨取りの系譜　改訂版」長崎新聞親書　二〇一一

三、気になる歴史上の人物

――兼好法師と野口英世――

鎌倉時代のデジャビュ

葉室　麟という作家が、還暦過ぎたら昔読んだ小説を読み返すのが良い、と随筆の中で書いている。それで思い立って、小説ではないが本箱から「徒然草」を引っ張り出して読み直してみることにした。以前読んで気になっていた箇所があったことを思い出して、それを確かめながら読んでみようと思ったのである。その箇所は第七十一段の後半にあった。短いので書き写してみると、「また、如何なる折ぞ、ただいま、人のいふ事も、目に見ゆる物も、わが心のうちも、かかる事のいつぞやありしかと覚えて、いつとは思い出でねども、まさしくありし心ちのするは、我ばかりかく思うにや。」というのである。

最初これを読んだのは高校生の時だったが、あっと思った。まさしく同じ思いを味わった経験があったからで、中学三年生の時に最初に体験したその感覚は、起こった場所や、居合わせた人のことなど今でも鮮明に覚えている。当時は友人にその奇妙な感じのことを話しても「さあ」と言われるばかりなので他の人にはないのかと思っていたのが、七百年の時を超えて同じ感覚の事を書いている人にめぐり合うとは、と感激したのだった。今度読み返してみて、やはりこれはデジャビュのことを書いているのだと確信した。

デジャビュは既視感と訳されて、今では映画のタイトルにも使われるくらいに普通に使われる言葉になっているが、五十年位前には一般に知られた言葉ではなかったと思う。ウィキペディアで調べてみると"déjà-vu"という言葉はフランスの超心理学者エミール・ブワラックが一九一七年に提唱したのが初めで、二十世紀末から心理学や脳神経外科的研究対象として注目され出したとある。以前にはそれを指す言葉がなかったのだから意識して論じられることもなかったに違いない。名前のついたものとして意識されなければ、眼の前に実在するものでも見逃してしまうことは何事につけてもあるものである。徒然草の記事はこの現象に関する本邦最初の記載であろうし、ひょっとすると世界で最初かもしれない。

これまでの研究ではデジャビュは健康人が持っているごく一般的な感覚であり、一般大学生の七十二パーセントが経験しているという調査結果もあるそうだが、そのメカニズムは確定されるには到っていないという。一つの説明として「人間の感覚から神経を通ってきた信号が、脳内で認識し記憶される段階で、脳内で認識される作業以前に、別ルートを通り記憶として直接脳内に記憶として蓄えられ、脳が認識をした段階で、既に記憶として存在するという事実を再認識することによりおこる現象ではないか」とする説があるそうだが、なにやら分かったような、分からぬような、要するに記憶回路の配線ミスということだろうか。それにしても、徒然草の中のこの記述をデジャビュと結びつけて論じているのを、少なくとも文芸書では見たことがないのだが、脳神経学者や心理学者は気がついているのだろうか。

吉田兼好という人は感覚がユニークで近代人のセンスを備えた人だとかねがね思っている。かつて誰もそれについて語った者がおらず、物笑いの種にされるかも知れないような感覚について、恐れることなく的確に、言わば科学的な態度で記述を残しているというのはたいしたものだと思う。

例えばよく知られた一節ではあろうが、百十七段の次の記事はどうだろう。「友とするにわろき者、七つあり。一つには高くやんごとなき人。二つには若き人。三つには病なく身強き人。四つには酒を好む人。五つにはたけく勇める兵《つわもの》。六つには虚言《そらごと》する人。七つには欲深き人。よき友三つあり。一つには物くるる友。二つには医師。三つには智恵ある友。」

特によき友についていては、いささか身も蓋もない感じはするがお説ごもっともと言わざるを得ない卓見であろう。酒を好む人が悪い友というのはちょっと承服しかねるところだが、こう書いている一方では「いたましうするものから、下戸ならぬこそ、おのこはよけれ」（第一段）とちゃんと酒呑みを擁護している。第百七十五段では酒呑みの醜態について散々罵倒した後の舌の根も乾かぬうちに、月の夜、雪の朝、花のもとでの一杯の興趣や、気の合った者同士で鍋を囲んで飲む楽しさ、高貴な人からおもてなしに与《あずか》って酒を振る舞われる時の喜びなどをシレッと語って、なかなか一筋縄ではいかぬクセモノ振りを遺憾なく示している。酒癖の悪いのは嫌いだが、本人は相当の酒好きであったようだ。

この人はまた、医学知識の大切さを説いているのが印象的だ。第百二十二段は人として必要な教養と技術について述べた箇所だが、儒学や書字を学ぶことの大切さに続けて、「次に医術を学ぶべし。身を養ひ、人をたすけ、忠孝のつとめも、医にあらずはあるべからず」「文・武・医の道、まことに欠けてはあるべからず。」と医を学ぶことを大いに推奨しているのだ。そしてその次には調理と細工の能力を、役に立つこととして身につけるよう強調しているのは天晴れなリアリスト振りで、とても中世の法師の言葉とは思われない。まるで明治時代の啓蒙家あたりが言いそうなことではなかろうか。鎌倉時代の末期、建武の新政のごたごたの前後の、京の下級貴族や僧侶階級にとっては辛く生き難い時代を暮らしていくには、おのずからリアリストたらざるを得なかったのであろうと一寸気の毒な気持にもなる。なにしろ政治体制はガタガタで収入の保障がないので、有力貴族の家の諸大夫(三太夫)を務めたり、恋文や歌の代作をしたりと生活は大変だったらしいのである。

徒然草の中には、勿論出家している建て前からは、仏説や世の無常について述べた記述も多いのだが、当時の面白いゴシップも含めて、人間について、自然について、実に多岐にわたって独創的な見識があちこちに鏤められている。

まことに「ひとり燈火のもとに文をひろげて、見ぬ世の人を友とするぞ、こよなう慰むわざなる」（第十三段）ではないか。

出典　新潮古典文化集成　徒然草　新潮社　一九七二

兼好法師の受難

「徒然草」で知られる兼好法師が生きたのは鎌倉時代の末期から室町初期にかけての時代であった。北条氏の屋台骨がゆらいでいたところに、後醍醐天皇という権力志向の権化のような怪物が出てきて鎌倉幕府が滅び、その後の南北朝の動乱へと続く、この国の歴史の中でも未曾有といってよいほど世の中が乱れた時代のただなかであった。

そのような世にあって健気に生きていたに違いない兼好法師の生活の一端をうかがわせるエピソードが、太平記に出ていることは知る人ぞ知る話である。「太平記　巻の二十一、塩冶《えんや》判官讒死《ざんし》の事」の条に出てくるその話というのは、高師直が塩冶判官　佐々木高貞の妻に横恋慕し、兼好法師に艶書を書かせて送るなどして執拗に迫ったが拒絶され、分別をなくした師直は高貞に謀反の罪を着せ、妻子もろとも塩冶一族を皆殺しにしたという、胸の悪くなるような話である。

塩冶判官の妻は元、宮中弘徽殿《こきでん》に住んだ評判の美女であったものを、後醍醐天皇から武功の見返りに高貞に与えられた拝領妻であったという。そのような王朝の風雅の中に育った高貴な女性であるからには、と、これを口説き落とすために師直が考えたのが恋の歌を鏤《ちりば》めた艶書を送ろうということであった。そこで白羽の矢を立てられたのが兼好法師。「兼好と言ひける能書の遁世者を呼び寄せて、―紅葉重ねの薄ようの紙に、受け取る手がくすぶるほどに香をたきしめて、言葉を尽くし書き送った―」と書かれている。ところが返事遅しと待つ師直に、使いは、奥方は手紙を開けて見る事すらせずに庭に捨てたので、そのままにすることもならず拾って帰りました、と報告したのだった。師直は大いに怒って「いやいやもののやくに立たぬものは手書きなり。今日よりその兼好法師、これへよすべからず」と、褒美をもらうどころか出入り禁止になってしまったのだ。

まあ、何とも気の毒な話ではないか。手紙の中身が気に入られなかったというのならまだしも、読んでさえもらえなかったのはもとより兼好さんの責任ではない。しかも、そんなことを太平記に書かれたのでは天下に恥をさらすようなもので迷惑この上ない話である。そもそも徒然草に書かれている草々から忖度しても、高師直などという男はおよそ兼好さんの一番嫌いなタイプ、本来なら避けて通ったに違いないはずなのに、当時楠木、和田一族を打ち破り、吉野の行宮《あんぐう》を焼き払って驕りの絶頂にあった権力者が相手とあっては、世渡りの道として従わないわけにもいかなかったのであろうか。トホホ顔が目に浮かぶようで傷ましくてならない。

この頃、兼好法師はおそらく五十八歳前後。当時の和歌の四天王の一人に数えられる存在であり、能書家としても知られていたことはこのエピソードからもうかがわれる。

ここで兼好さんの身の上を一寸振り返ってみたい。

生まれたのは、確定はされていないが弘安六年、一二八三年前後であろうとされている。卜部氏という神祇の家の出身で、その宗家は吉田神社の社務職を世襲している。兼好の家はその分家で、代々四位または五位を極位とする下級官吏の家柄であったという。

在俗時の名は卜部兼好《かねよし》で、出家してからは字はそのままで「けんこう」と名乗ったのである。

高位ではないといえども公家政権の続く世の中であればそれなりに安定した平穏な生活を送ることができたであろうが、時代はそれを許さなかった。身分や家産は身を養うに足らず、律令制度が崩壊し、武家の世へと移ろう時勢にあっては、朝廷での官位は名ばかりのものでしかない。当時の公家社会で生きるためには、実力を以って認められ、収入を得る機会を獲得するしかなかった。兼好は精進努力を怠らなかった。花鳥風月の雅《みやび》や、皮肉の利いた世相描写などで読者を楽しませてくれる徒然草の文章は、こうした熾烈な生活との戦いの日々の産物であったのだ。

では、兼好はどのようにして生活を立てたのだろうか。青年期には堀川具守家の諸大夫であったという。諸大夫というのは有力貴族家のマネージャーであるが、うまい具合に具守家の姫君が後宇多天皇の寵愛を得て皇子を出産し、具守家で養育されたこの皇子がやがて後二条天皇となったことから、兼好さんはこの手づるを終生の生活の糧として生きたもののようだ。そのお陰で諸大夫の兼好は若くして六位の蔵人、次いで左兵衛の佐に任じられたが、残念ながら後二条天皇は早世してしまう。

後二条天皇の後を継いだのが弟の後醍醐天皇である。後醍醐さんは実は後二条天皇さんの息子が成長するまでのワンポイントとして皇位を与えられていたのだが、これが大いに不満で、そんな運命なんかひっくり返してしまおうというので打って出たのが建武の新政に繋がったと言われている。しかも時を経るにしたがって後二条天皇や後醍醐天皇が繋がる大覚寺統は北朝方の持明院統に劣勢となり、軍事的にも南朝方が敗色濃厚となる時勢にあっては、折角の後二条天皇に繋がる縁も後々あまり実益をもたらしてはくれなかったようだ。

出家したのはおそらく三十歳頃だろうと推測されている。残されている歌や徒然草の記述（第五十九段）からもずいぶんと悩んだ様子が伺われるが、俗世間の交わりが面白くない気持ちが高じてのことだったのだろう。出家後の兼好は比叡山の修学院に籠もったり、横川に隠棲したりして仏道修行をする一方、堀川家の縁で関東に下向し（ゆかりの親王が鎌倉幕府の征夷大将軍になっていた）、しばらく住んでいたこともあったらしい。北条時頼父子の質素倹約の生活態度に共感した記述（第二百十五段）などはそのときの見聞に基づくものであろうか。

四十歳ごろには京都市中に居を移して、歌人としての本格的な修行を始めている。和歌の師、二条為世に古今和歌集の家説を受講し、様々な歌の会に出席したりしながら、公家社会の中で、次第に歌詠み、能書家としての実力を認められていったのであろう。こうして身に付けた作歌や書字の能力や有職故実の知識を世渡りの手段として生活していたであろうことは、先の高師直の艶書の代作の一件からもうかがい知られる。

没したのは観応三年、一三五二年以降とされている。この年に歌会で作った和歌が残されているので、七十歳であったその時までは少なくとも元気に活動していたのである。

それにしても、太平記に登場する兼好法師はただ能書家とのみ書かれていて、一代の名文家、徒然草の作者として一目置かれている様子はうかがえない。この時代にはまだ徒然草は広く読まれるには至っていなかったということであろうか。

興味深いのは、「太平記　巻の二十一　塩冶判官讒死の事」の条がたどった運命である。江戸の世に至ってこの話は赤穂浪士討ち入りを題材にした浄瑠璃脚本「仮名手本忠臣蔵」

のフレームとして換骨奪胎して使われた。浅野内匠頭は塩冶判官に、吉良上野介は高師直に見立てられ、芝居の筋立ても、事件の発端は師直が判官の妻女（顔世御前）に横恋慕したこととしてそっくり移してあるのだ。赤穂の「塩」と塩冶判官、吉良の家柄である「高家」と高師直という暗合が絶妙に効いている。「そのはじめ　いろで始まる仮名手本」などという、よくできた古川柳を読むにつけても、当時の江戸の市民たちがいかにこの筋立てに喝采し、楽しんだかがうかがわれる。戯作者たちの大手柄というべきであろう。

芝居の中に、艶書の代書をして恥をかく、間の悪い手書きの役が出てこないのは、徒然草の作者に対する遠慮が働いたものだろうか、兼好さんにとってはせめてもの幸いであった。

出典

新潮日本古典集成「徒然草」

昭和五十二年　新潮社

同「太平記　三」

昭和五十八年　新潮社

野口英世の自殺説

「週間ＮＹ生活」というタブロイド版の新聞がニューヨーク（ＮＹ）で在留邦人向けに発行されている。二〇一五年の夏、私は海上保安大学校航海練習船「こじま」の臨時医務官として世界周航の練習航海に同行している時に、たまたま船のラウンジに置いてあったその紙面を読む機会があった。ＮＹ港で船の代理店の人が気を利かせて置いていってくれたらしい。その六月六日の紙面に、野口英世の八十八回忌の記念式典がＮＹの墓地で営まれた記事が載っている。

記事によれば、野口英世は一九二八年に西アフリカで黄熱病の研究中に五十二歳で客死しているが、当時所属していたロックフェラー研究所によって遺骸はコンクリート詰めにしてＮＹに運ばれ、研究所が購入したブロンクス区のウッドローン墓地に埋葬された。その後荒れ果てていたその墓地を、没後八十年を機会に米国日本人医師会が修復し、「野口英世メンモリアル・ソサエティー」という団体を組織して墓地の維持を行っており、今度の八十八回忌もその団体が中心となって盛大にとりおこなわれたということである。

かくのごとく、野口英世は今日に至ってなおＮＹ日系社会で人気を保っているようだ。本国でも千円札でおなじみの、研究に殉じた悲劇の医学者として知名度が高い。しかし一方で、かつて私は野口英世の芳しくない噂について読んだ事がある。曰く、大変な放蕩児にして借金魔、その被害に苦しめられた人も多かったなどと。戦後の、かつて偶像化されていた人物を貶める風潮によるものでもあったろうが、それにしても毀誉褒貶のある面白い人ではあったらしい。

たまたまこの記事を目にしたことがきっかけになって、帰国後、野口英世の伝記を読んでみる気になった。実は本箱の中に書物は以前からあった。一九八七年星和書店刊の四百六十四ページの大著「野口英世」である。以下の記述のほとんどはその本に拠っている。

著者イザベル・Ｒ・プルセット（一九一二〜一九八五）は心理学を専攻して学んだ人である。その父君は精神科医で、野口英世がロックフェラー研究所で梅毒スピロヘータの研究を行っている頃に進行性麻痺患者の脳組織を提供し、トレポネーマ・パリドゥムの脳脊髄内発見という業績の達成に貢献した人である。野口は数回父君の家を訪問したことがあり、その折に見た彼の姿は幼い頃の著者の記憶に焼きついていたという。

本書は著者が六十歳で仕事を引退して以後の全生活をささげて執筆された労作である。

著者は日本語で書かれた多くの野口関係書を自費で翻訳させて読み込んだうえ、本書執筆のために、ロックフェラー大学のリサーチアソシエイト（研究員）の資格を取得している。この資格により大学の文書庫、ロックフェラー家の文書庫、野口をめぐる数多くの個人の手紙や文書などを存分に閲覧することができた。又、当時皆高齢ではあったが、野口を直接知る人たちにもインタビューしている。こうした貴重な資料によって、本書はアメリカにおける野口の研究生活及びその人間性を知るうえで比類のない研究書となっており、これ以上の伝記はもはや出ることはあるまいと思われる。ぎっしりと書き込まれた、野口自身の手紙をはじめとする一次資料や、著者の並々ならぬ思い入れに伴なわれた、しかし心理学者としての容赦のない解析は、読み続けるのにかなりのエネルギーを要する濃密さであった。

読み通してきて最後にぶつかる大きな問題が、その死後、野口の周囲の人々の間に自殺説がささやかれ続けたという事実である。すなわち自殺の意図で自らに黄熱病を感染させたのではなかったか、という疑念である。そして、この疑念が生じた理由、背景を知ることが、野口英世がたどった道程の光と影を解き明かす鍵になるのではないかと思われるのである。

その前提として、米国における野口英世が研究者としてどのような立場であったのかをまず理解しておく必要があるだろう。野口はよく知られているように正規の医学教育を受けた事が無かった。猪苗代高等小学校を卒業した後、左手の手術（幼児期の火傷の後遺症で手指が癒着・拘縮していた）をしてくれた米国帰りの渡辺医師の下に書生として住み込み、三年にわたって医学の基礎を勉強する。

援助を得て上京し、当時難関であった医術開業試験の前期試験（筆記試験）に一度で合格したものの、後期試験（臨床関連）に合格するために苦学を重ねた。学資に悩まされながらも、少し金が入ると悪所に通って浪費したりしているが、様々な人たちの援助によって医師開業試験の為の予備校である済生学舎に通い、打診ができるようになるために手の再手術を受け、二十一歳で医師免許を取得することができた。

このあと順天堂病院の助手、北里柴三郎の伝染病研究所勤務などを経て渡米する。前年にサイモン・フレクスナー博士が赤痢研究の視察のために来日した折に、得意の英語を生かして案内役を務めたというささやかな縁と、北里に書いてもらった紹介状を頼りに、フレクスナーの下に押しかけ同然で転がり込んだのであった。幸いペンシルバニア大学医学部で助手の職を得て、与えられたテーマの蛇毒の血清学的研究で成果を挙げて認められるようになり、ヨーロッパへの留学などを経て研究者としての実力を高めていった。野口が成功を収め得た秘訣は「細菌の狩人」と言われたほどの器用さと工夫による研究技術、顕微鏡操作能力の卓越、疲れを知らぬ勤勉さと集中力であった。

一九〇四年、フレクスナーが組織運営を任せられることになったロックフェラー研究所に招かれる。この研究所は研究費が豊かで待遇もよかったが、本質的にはロックフェラー財閥が、そのあくなき利益追求によって受けている世の悪評を緩和する為のPRを目的として設立された組織である。この目的に沿うべく、研究員には民衆の喝采を得るような、言わば大向こう受けのする研究成果を挙げ続けることが求められた。恩師にして上司、そして唯一最大の庇護者であるフレクスナー所長の指示の下に、野口は次々に未知の伝染病に挑んでいく。

梅毒の研究では、先に書いたように進行性麻痺患者の脳病理組織中に顕微鏡視でスピロヘータを発見し、また進行生麻痺患者の脳組織から家兎への感染実験で麻痺を再現して、精神疾患と考えられていた病気が梅毒の進行形であったことを証明して医学会に大きな感銘を与え、その業績が認められた。

一方、小児麻痺、狂犬病、トラコーマについても各々病原体を確定したと発表して喝采を博した。いずれも当時非常に恐れられていた疾病であり、研究所からの指示により取り組んだものであったが、これらはもちろん誤認であって、後年になってウイルスやクラミジアによるものと判明した。

そして運命の研究テーマとなった黄熱病の研究は一九一八年、出来たばかりのパナマ運河運営のための切迫した要請によって開始された。野口は早速エクアドルのグアキアルに赴いて精力的に研究を進め、ほどなく彼自身がレプトスピラ・イクテロイデスと命名した病原体をつきとめ、ワクチンを生成して現地で実用化した。今日明らかになっているところでは、実はこれは九州大学の稲田と井戸によって既に報告されていたワイル氏病の病原スピロヘータと同一であり、ワクチンによって確かに南米でのワイル氏病の流行は終息した。

ロックフェラー研究所は鳴り物入りでこの成果を宣伝し、時期尚早であったにもかかわらず直ちに「黄熱病抗血清とワクチン」の一般公開を始めてしまった。こうして野口は黄熱病に関して抜き差しならない立場に追い込まれることになる。悲劇のきっかけは現地の臨床医がワイル氏病と黄熱病の診断を混同していたことにあると言われている。発表の直後から、この研究に対しては批判が続出して、元々くすぶっていた野口の研究手法や学識に対する不信感や差別意識、嫉妬などがあいまって、研究所の中で野口は微妙な雰囲気の下におかれることになった。

既に世界的な名声と賞賛を獲得していたとはいうものの、他の白人研究員が出身、学歴、夫人を含めた社交界の付き合いといったエリートとしての条件を備えているのに比べて、野口はあまりにも違っていたのである。野口は当時結婚していたが、相手は酒場で知り合った、大衆演芸の劇場で働く女性であり、日本の身内には長く結婚したことを隠していた。

こうした状況を一気に打開するために、一九二七年、野口は当時黄熱病が流行していた西アフリカのアクラでの研究を開始する。頼りになる助手はおらず、現地の研究所スタッフは非協力的という条件の下で、背水の陣を敷いての単身赴任であった。しかし健康を害するほどのがむしゃらな精励によっても「黄熱病菌の発見」は思うように進まなかった。

周囲には楽観的見通しを持っているようにふるまいながらも、信頼していた秘書ミス・ティルデンへの手紙には病原は濾過性微生物（すなわちウイルス）と認めるに到ったことを書いている。疲労困憊の果てに野口は黄熱病に罹患して、一旦回復したかに見えた翌日一九二八年五月二十一日、てんかん様発作におそわれて死去した。

自殺説の傍証として幾つかの事実が挙げられている。その一つ、出発に当たって、荷物の中に亡き母の墓石の拓本の軸を入れたこと。何時にないことなので妻のメアリは不安を感じて、どうかそれは置いていくようにと哀願したが、野口は聞かなかった。一方で、いつも携えていく慣わしの故郷の寺のお守りは残していったという。出発の前日の研究所でのスタッフミーティングの時の野口の様子はよほど印象深かったらしく、多くの職員が後にそのことを語っている。引用すると、「彼らは皆、野口が黄熱病については過ちを犯していたと思っていた。出発の時点では野口自身にもそのことが分かっていたと彼らは思っていた。マクマスター（ミーティングの準備係だった所員）は、野口は出発前におのれが誤っていたこと、生きて帰れば彼の立場はいっそう悪くなっただろうことが分かっていたはずだと言っている。」

さて、このように背景を縷々説明した上で、断言はしていないが、著者は直接的な自殺説には否定的である。その第一の理由は、野口本人が自分は黄熱病に免疫があると信じていたことである。彼は西アフリカに着いて一ヵ月後に軽症の黄熱病にかかって、直ったと思っていた。自分の血液を接種したアカゲサルが黄熱病を発症した事実によりそれを確信していた。実際はその時の病気はアメーバ赤痢であり、サルの発症は別の固体との誤認であったと推測されている。（実験室が無秩序で、サンプルの管理が杜撰であったことが野口の研究の欠陥であったとされる。）

それにしても、最後の半年間で野口が取った行動は、追い詰められた末に単身危険に満ちた無援の地に赴き、健康を害するに決まっている無茶な研究生活を送ったということに外ならず、緩慢な自殺であったと取られるのはむしろ自然であろう。黄熱病の研究から手を引いて、誤りを訂正する機会さえあれば回避できた事態であったはずだが、取り巻く状況が既にそれを許さなかったし、野口はそのような器用なことができる人ではなかった。

野口の人格、一部のアメリカ人を惹きつけてやまなかった人間的な魅力、その浪費癖、幼児性、野心、超人的なエネルギーの背景について、著者は万言を費やして語っている。貧困の中から出て徒手空拳で異国の地に赴き、偉大な業績をあげた医学者であるには違いないが、やりきれない傷ましさを感じさせる人でもある。

四、食物採集愛好家の生活と意見

海に潜って

子供のころから海で遊ぶのが大好きだった。鹿町に住んでいた中学生の時は、同級生から「かつぎに行こう」と誘われて平戸瀬戸の近くに素潜りに出かけた。もっぱらサザエを採るのが目的なのだが、魚も突きたいと思って手製の銛を作った。百二十センチほどの長さの竹の棒の先に釣具店で売っている三叉のヤスをはめこみ、反対側にはゴムチューブを輪にして結びつける。そんなちゃちな道具で獲れるようなのんきな魚はめったにいないのだが、いろいろ想像しながら作るのが楽しかった。上手な友達は羨ましくも十メートル近く潜ることができる。こちらはせいぜい三、四メートルが精いっぱいで、それでも海の底を覗き見るのは十分楽しかった。かつぐというのは潜って魚介を採るということで、この辺りの地元では漁師に限らず皆が使っている言葉である。おそらく古語の「かづく―潜く―」の転訛に違いない。

大学を卒業して、小倉に住んでいる頃には素潜りの名人に教えてもらって、ウェットスーツと水中銃を手に、山陰の海岸に出かけては魚を突く真似事をしたりしていた。

三十年前に佐世保に帰ってきてからは海との縁が俄然深くなる。間もなくTさんという人がやっているスキューバダイビングの店に出入りするようになって、道具をそろえて潜るようになった。この店はPADIという世界的なスキューバダイビングサービスのネットワークに属していて、お客は定められた座学と実地からなる教育コースを受講して、資格を取得してから潜ることになっているのだが、私はそのコースを受講しなかった。というのも、私はすでにわずかながらダイビングの経験があったし、実は潜りのライセンスじみたものを持っていたので、今更コースに入りたくないとごねたのだった。

小倉にあったK商会という、多分港湾工事関係の会社が、当時ボッボッ人気の出始めたスキューバダイビングのブームを当て込んで、「ダイビングのライセンスが手軽に取得できます」という商売をしていたのだ。宣伝の通り実に手軽なもので、数万円払って、海岸で簡易潜水具をつけて二、三回潜ったらそれでお仕舞い、ライセンスらしきカードを渡されたが、これは実はその会社が勝手に作ったもので、文字通りの「もぐりのライセンス」である。

Tさんも困っただろうが、その頃はダイビング資格にしても、まだおおらかな時代だったので大目に見てもらって、ダイビングのツアーなどに同行させてくれるようになった。

近場の海から始まって、慶良間、久米島、南大東島、グアム、パラオ、など有名なダイビングスポットに行っては回遊魚やマンタと一緒に泳ぎ、サンゴ礁やソフトコーラルに彩られた竜宮城の景色を存分に楽しんだ。

ところが、深い海に潜るのにも慣れてくるうちに、景色を見るだけでは物足りなくなってくる。元々が狩猟民族の血を引いているのか、何か収穫物がなければ満足しない農民気質なのか、かつて素潜りでやっていた魚突きを又やってみたくなったのである。簡易潜水具をつけての潜水漁は禁止されているので、スキューバダイビングで魚を突くと密漁ということになる。ところが何事にも抜け道はあるもので、漁業権の設定されていない海域や、漁協から磯の権利を取得した場合はこの限りでないのである。

男女群島は五島列島 福江島の南西七十キロメートルにある絶海の孤島で、磯の漁業権はどこの漁協にも属していない、と聞いている。二十年くらい前までは灯台の職員が数名常駐していたが、今は灯台の機能が自動化され、無人の島になっている。佐世保の針尾島の瀬渡し業者が時々男女群島スキューバダイビングのツアーをやるのでこれに参加することにした。三十ノットの猛スピードで走る船でも片道四時間近くかかるので途中一泊はしなければならない。同行七人ほどの参加者は、実は皆スピアフィッシング、すなわち水中銃で魚を捕るのが目的で、ただのダイビングには飽きた一癖以上もある御連中がそろっている。

さて男女群島に着いたら、船頭が魚のいそうな場所を選んで、ダイバーを順に海に入れてくれる。深さは概ね二十メートル前後の、潮通しの良い場所である。海に入ったら海底の地形を見て、良さそうな方向に向けていち早く底に着かなければならない。うかうかしていてあらぬ方向に流されてしまうと厄介なことになる。ダイバーは魚を探しながら潮に逆らうことなく移動していき、タンクの空気がなくなったら浮上して船に拾い上げてもらうのである。ドリフティングというやり方だ。地形と潮流を熟知した船頭が、浮かび上がってくる場所を予想して待機し、すぐに拾い上げてくれるのだが、海の中では各々勝手に行動するので、魚を追いかけたあげく、とんでもない所に浮上したりすると、船の方から探し当ててもらうまでしばらく孤独な時間を味わうことになる。海が時化ている時は波にもまれながら浮かんでいるだけでも大変だ。数時間も流された挙句、通りがかりの船に助けてもらったなどという話もある。もっとひどいことになった話も勿論。

磯釣りでは石鯛はなかなか釣れないらしいが、スピアフィッシングでは石鯛を捕るのは実は比較的簡単なのだ。というのも石鯛は磯の王者と言われるくらいの食物連鎖の頂点に立つ魚で、天敵がいないせいか、潜り漁師に追われたことでもない限り人をあまり警戒しない。これに付け入った結果、我が家の子どもたちは石鯛のカブト焼きが大好きになった。

一方これに比べてアラ（別名クエ）は警戒心が強く、潜水者を寄せ付けないので、水中銃の射程内にとらえることが難しい。だからアラを狙うには、岩穴の中に潜んでいるのを探すのである。ただし首尾よく見つけたとしてもよほど急所を撃って仕留めない限り、胸ビレを張って抵抗されるので穴の中から引きずり出すのは容易ではない。もう一つの方法はアラの通りそうな水路の岩陰に潜んで、呼吸の泡が目立たないようにしながら待ち伏せするのである。しかしそのような場所は大概深いところで潮の流れが速く、潜っていられる時間は限られる。潜水漁では、経験と技術によって漁獲に雲泥の差が出るのには驚くばかりである。

ダイビングの一番のリスクは潜水病で、三十メートルも潜って動き回ったら、浮上するときには減圧表を見ながら減圧操作を十分以上かけてやらなければならない。一日に潜ることのできるのはせいぜい二本、浅い海で三本というところ。一本潜る時間は三十〜四十分程度なので、後の時間は船の上で昼寝したり、ホラ話でもして過ごすことになる。

ショッキングレッドの派手なフィンを履いているおじさんがいた。そんなに目立つと魚が逃げるんじゃないの、と聞いてみると、よくぞ聞いてくれた、とばかりに答えてくれた話。「以前なあ、穴の中に大きな伊勢エビがいるのを見つけて、もぐり込んで追いかけたことがあるんよ。そしたら入り込みすぎてジャケットが岩に引っかかって後ろに戻れんようになった。あれこれもがいても動かんし、エアも少なくなってきたんで、ああこれで俺も終わりなんやなあ、と観念してフッと体の力を抜いたら、どういう加減か身動きできるようになってなあ。それ以来、また穴から抜けんようになった時はせめて遺骸を見つけて貰い易いようにと思うて、目立つフィンを履くことにしたんよ。」これが本当の話かどうかは知らないが、長年潜っていると誰しも似たような経験の一つや二つはあるものだ。

時化の海に無理して潜って、命からがら帰って来た後などには、体は疲れ果てているのに、不思議なことにストレスが無く、頭がスッキリしていることに気付く。明日からの仕事の意欲も湧いてくる気がするのである。おそらく、冬山にロッククライミングをしに行ったり、スピードレースに挑戦したり、はたまた無鉄砲な賭博や、キナ臭い色恋沙汰に手を出したり、およそ無益で無分別としか見えないことを人がやりたがるのは、皆似たようなハイな境地を求めてのことなのだろうと察しが付く。脳科学者の説明によれば、こういう極限に近いリスキーな状況の下では脳内にモルヒネ様物質、エンドルフィンがジャバジャバ分泌されて、ストレスが癒されるのだそうだ。

一時は随分入れ込んでいたスピアフィッシングも、かれこれ十五年以上前に止めて、水中銃や潜りの道具も手放してしまった。止めたきっかけは毎年夏の終わりに耳に水が溜まって、鼓膜切開をしなければならなくなったからだが、本当の理由は、命を懸けてまでして癒さねばならぬほどのストレスがあるわけでもないのに、遠くまで出かけて潜るのが面倒になってきたからなのだろう。

その代わりにこのところ入れ込んでいるのは鯛の一本釣りだ。これとて急に天候が変ったり、時化の海に鍛えられることもあって刺激的ではあるし、それに漁獲の多さでは下手なスピアフィッシングの比ではない。私にはお誂え向きではないかと思って楽しんでいる。

鯛釣りの話

私が住んでいる佐世保市から西に連なる平戸、宇久、小値賀の海は名だたる釣りの好漁場である。はるか東シナ海から五島列島、壱岐、対馬へと流れる対馬海流が豊かな海洋資源をもたらすのである。日本全国でも屈指の漁場であるのは間違いないだろう。四季折々に釣れる魚の種類は数ある中で、このところ私はもっぱら鯛釣りにはまっている。というのも、十五年ほど前にこのあたりでは高名の鯛釣り名人、山下紳次郎さんに弟子入りして以来、テンヤ仕掛けの一本釣りの面白さの虜になってしまったのだ。

鯛釣りの極意については追々話していくこととして、先ずは釣りの魅力について。「一生楽しみたければ釣りをしなさい」という箴言をあなたは聞いた事がないだろうか。「一晩楽しみたければ良い酒を一瓶買いなさい、一週間なら豚を一匹買いなさい。一か月楽しみたいなら結婚しなさい。そして、」と続く、あのビッグマウス　開高 健が広めた中国の賢者の言葉とやらであるが、なるほど含蓄の深い、味わいある言葉だと感じ入ります。

釣りに行くときの気分は、例えば花見の宴の準備に似ている。数日前から天気予報が気になって、風が吹きはしないか、潮の干満はどうなっている、雨は大丈夫かと気もそぞろ。入念に行う釣り道具の準備も、あれこれ想像しながらのお楽しみの時間に既に入っている。私は釣竿は使わず、手釣りでしかもビシヨマ（道糸にビシと呼ぶ小さな鉛を打ってある）という一本釣り漁師が伝統的に使ってきた単純な道具を用いるのだが、それなりに必要なものはある。深い海と浅い海、潮の流れの速さ、その日の天候に応じて、錘の重さや色を変える必要がある。先スジや道糸にキズはないか点検し、数回使った先スジは新しいのに交換して、カセと呼ぶ竹枠に丁寧に巻き取っておく。釣り糸のトラブルに備えてこれを少なくとも三セットは揃えておかなければなるまい。釣り針を二本結んだ仕掛けとゴムやシリコンラバーで作った擬餌（通称ビラビラ）を六セットほど、寒さや雨に備えて着衣、カッパの類も怠りなくそろえて、弁当と寒い時は魔法瓶のお茶。そして、これを忘れると釣りから帰ってきてから忙しいことになるので、前の晩に行うのが包丁研ぎ。出刃包丁大小三本に刺身包丁、ついでに菜切り包丁も。まあこの位で準備は万端といったことになろうか。

釣りの出港は早朝と決まっていて、これに備えて早めに寝ようとするのだが、そうそう都合よく寝付けるものでもなくて、ついつい酒の力を借りようとするうちに飲みすぎてしまったり、ついには睡眠剤の世話になったりする始末。やっと寝入ったと思ったら、常にもあらず夜中に目覚めて、小用に立つすがら外を見てみれば夜の闇は深く明け方にはたっぷりと間があって、二度寝の眠りも浅いままに、気づけば朝ぼらけの時刻。目覚ましはかけておいても、大抵これの世話になることはない。出勤のときとは大違いで、布団の温みへの未練もつゆ無くガバと跳ね起きて、かねて並べておいた準備の品々をとるが早いか家を出るという具合なのである。

港に着いてみれば、思いは同じであったとみえて同行のメンバーは皆早々と集合済みで、早速出港の運びとなる。

我々が目指す釣り場は、このところ主に宇久島の北西海上に浮かぶ古志岐三礁の周辺海域である。田平町の深月漁港から三十五海里、条件に恵まれればこの海域の魚影は濃い。

鯛釣りの仕掛けはテンヤ仕掛けの一本釣りで、餌は生き海老というのがゴールデンスタンダードなのだが、この頃は「鯛ラバ仕掛け」という、竿とリールを使って、ラバーゴムで作った烏賊などに似せた疑似餌を餌にする釣り方が大流行《はや》りだ。なにしろ生き海老を仕入れるのは大変な苦労で、これをしなくて良いというのがもてはやされて、最近は本職の漁師までこの釣り方になっているらしい。わが師匠は正統派で、万難をもろともせずあちこち走り廻って生き海老を確保して下さる。そのお陰で私も伝統を守って手釣りの、しかもビシヨマ仕掛けを続ける事ができるのだ。と、いっても釣りをしない人には何を有難がっているのか分かるまいから、早速鯛を釣りましょう。

鯛の一本釣りをする時は、錨を下ろして船を海底につなぎとめるのではなく、潮に乗って流れながら釣るのである。この時、潮の流れと船が流れる速度が同じでなければ、下ろした仕掛けがまっすぐに海底まで達せず、釣り糸が斜めになっては釣りにならない。その為に潮帆《しおぼ》というものを使って、船の流れ方を潮の速度と同調させている。スカイダイビングの時にパラシュートで落下速度を緩めるのと全く同じ仕組みである。そうすると仕掛けはまっすぐに沈んで行き、海底に達した事を知ることができるのだ。これを「底を取る」といい、これができることが一本釣りの必須である。錘に引かれて沈んでいく道糸の張りがスッと緩んだ瞬間が海底に達した時である。底が取れれば半分釣れたも同然、などというのだが、七十メートルもある深い海ではこれが中々容易ではなく、潮の流れが様々に変化するのに対応して底を取るには熟練が必要だ。

平戸や五島あたりの漁師は釣りの仕掛けを海に投じる時に「えびすさーん」とか「おえびすさまー」と唱えるのが習わしだ。海原の支配者、恵比寿神に敬意を表し、何とか釣らせて下さいとお願いするのである。釣り糸一本に生活をかける釣り漁師にとって、不漁はたちまち一家の困窮につながるのだから、お助けくださいと願う気持は切実である。出漁と帰港の折には、どこの漁村にも港の入り口に必ず祭ってある恵比寿様の祠に向かって、海上安全、大漁満足を願って拍手を打って拝むことも欠かさない。私も漁師に見習い、その日の第一投目には必ず、釣れない時にはそれに追加して、わたつみの神への尊崇の念をこめて「オエビスサマー」と呼ばわることにしている。

さて錘が海底に達したら素早く引き上げにかかろう。底近くに仕掛けを長く置いておくと「底もの」と呼ぶ鯛以外の外道《げどう》魚が食いついてくる。アラカブ、オオガン、フエフキ鯛やアコウをはじめとするハタ科の魚など様々で、これはこれでありがたい恵比寿様からの賜わり物ではあるのだが、本命は鯛だ。鯛は中層にいる魚で、底から五メートル、時には二十メートルも離れたところを游いでいる。鯛は食い気に関しては貪欲な魚で、餌の海老を少しだけ齧って残すということは先ずなくて、一度に全部食いきってしまうか、残っていれば二度三度と食いついてくるものである。鯛が餌を取るときの感触、アタリはその時々様々で、ノッコミの時期にはいきなりガツンと激しく掛かってきたり、仕掛けを下ろしている途中に持っていって釣り人を慌てさせることもあるのだが、これは食い気の盛んな時に限られていて、ほとんどの場合は〝もそもそ〟とした微妙な感触である。仕掛けをゆっくり手繰り上げている時にアタリがあれば、あわてずそのままの速度で引き上げ続けて、重くなる感触を待って強く手繰って釣り針を口に食い込ませるのである。手ごたえがあれば「鯛がのった」といい、釣り針を食い込ませる操作を「シメ込む」と呼んでいる。感じが出ているでしょう。

シメ込まれた鯛は俄然抵抗して激しく泳ぎ出す。この強烈な引きこそが鯛の特徴なのだ。数キログラムもある鯛であれば、この時に糸を緩めなければ一発で糸切れしてしまうので、引く力に応じて道糸を繰り出さなければならない。抵抗が弱くなったら糸が緩まないようにすぐに取り込み、また走り出したら繰り出す、これをくり返しながら徐々に引き上げるという要領なのだが、重さ五キロを超える大物鯛ともなれば、グングン持っていかれるままに道糸を繰り出すばかりで一向に引き寄せられず、「鯛が頭をあげん」という状態になる。そんな時には、頃合いを測って引き戻しにかかり、勝負に出なければならない。但しあまり強引にやるのは禁物。先スジを細くしておくと魚の食いつきは良くなるが、当然切れやすいのでこのあたりの按配が苦心するところだ。この魚との一対一のやり取りこそが鯛釣りの醍醐味で、釣り人を病み付きにする魔力を秘めている。もちろん途中で糸が切れたり、釣り針が外れたり、時には針を噛み折られたりするし、反対側の舷の方向に走られて道糸が船底でこすれて切れることもある。魂が消え入るような叫びをあげて、大鯛に逃げられた釣り人が身も世もあらず嘆く様は中々の見ものである。

かくして何とかせめぎあいに耐えて、やがて力尽きかけた鯛が徐々に海底から姿を見せる時の胸のときめきは経験した者にしか分かるまい。空が晴れて陽の光が海に差し込んでいる時であれば、まず群青色の海の底に青白く光る一点がかすかに見えて、魚鱗をきらめかせながら徐々に桜色の美しい姿が大きくなってくる。海の深みから上がってくる時、まことに鯛ほど美しい魚はあるまいと思うのである。明るさに驚いた鯛は底に向かって戻ろうと力をふりしぼって游ぎ出したりするので油断なく釣り糸を操り、やっと海面に顔を見せた鯛を何とかタモ網に掬い取って船端から甲板に抱え上げる。跳ね躍る鯛の、その持ち心地よ。鯛を胴の間に置いたら、その見事さを先ず誉めそやさねばなるまい。日頃の仕事のストレスや浮世の屈託の大方は、この時さらりと晴れること疑いなしである。

ところで、餌の海老を釣り針につける時には海老が回転しないように尻尾の堅い部分を取り除く必要がある。大抵の釣り人は歯で噛み切って吐き捨てているようだが、私はこれは最高のカルシウム食品に他ならないのだから、そのまま噛んで食べてしまうに越したことはないと思って、昔から実行している。それのみならず、魚が食べ残した海老の残骸も食べることにしている。生き海老だから当然甘くて美味である。これを月に数度は続けているわけだからさぞ我が体の骨密度は高くなっていることと確信している。

ちなみに私は、かれこれ二十年以上鯛釣りをしていて、最も大きな鯛は六、八キログラム。いつも同行する好敵手たちが軒並み八キロ以上を釣り上げているのに比べればやや物足りない気がしないでもない。それに最近は以前ほど数が上がらなくなってきた。しかしこんなことを言えばたちまちお叱りの声がかかるだろう。「恵比寿さまでも鯛一枚で我慢してござるのに、不足を言うとは罰があたる」と。なるほど恵比寿様は鯛を一匹、小脇に抱えて微笑んでおられます。

さて、これからは釣れた鯛を美味しく賞味する話をしてみよう。

鯛は一年中釣れる魚だが、一番釣果が期待できて、美味しいのはなんと言っても春先の乗っ込み、即ち生殖の時期だ。この時期には東シナ海辺りの深いところにいた鯛が、産卵のために五島の周りや玄界灘の、底が砂地の海めざして移動して来るらしい。これを「鯛がのぼってくる」といい、その鯛を「のぼり鯛」と呼んでいる。雄ののぼり鯛は日頃の赤っぽい色が黒味を帯びて、腹の中には白子（精巣）がたっぷりと蓄えられている。雌ののぼり鯛は日頃より更に鮮やかなピンク色になって、こちらの腹もぷりぷりの真子（卵巣）で一杯になっている。この時期の鯛は食い気が強く、何時にも増して貪欲に餌を捕食するので、釣果も上がって釣り人にはこたえられないのだ。桜鯛というのは、この桜の咲く時期の鯛の呼び名であって、文字通り桜色になる雌はもちろん、真っ黒になっている雄も桜鯛であり、どちらも脂が乗って申し分なく美味である。

桜鯛を刺身におろすと、身が透きとおって、ねっとりとした甘みを帯びている。鯛の味は時期によって変わるものなのだ。それに、鯛は個体差が大きい魚だ。先ず、見た目に美しく色艶が良いのは間違いなく食しても美味しいとしたもので、やせていたり、色艶の悪いのは味も落ちる。

たとえば二〜三キログラムほどの乗っ込みの鯛を釣ったとしよう。一年の中でも最も脂がのっておいしい時期で、腹の中に入っている雄の白子、雌の真子はこの時期にしかお目にかかれない貴重なごちそうである。白子なら塩胡椒を振ってアルミホイルにくるみ、グリルで表面に焼け目がつく程度に焼くのがよい。真子は肝臓や胃袋と一緒に生姜を入れて薄味で軽く煮込むのがよかろう。乗っ込み鯛のこの季節は時あたかも山椒の新芽が出そろう時期である。鯛の内臓料理に香り豊かな山椒の葉をたっぷりと振りかけて食べるのは冥利に尽きるというものだ。ついでながら鯛に限らず、やや大きな魚であれば胃袋を捨ててしまってはもったいない。是非とも大事に取っておいて茹でて食べるのをおすすめしたい。酒の肴には絶品である。

さて鯛を三枚におろし、中落ちをとって刺身にする時、皮と身の間の脂肪層を大切にしなければならない。皮を包丁で剥ぎ取って捨ててしまうのはもっての外で、特に乗っ込みの時期の鯛は皮下の部分に最も脂がのっていてコクがあるのだ。これをおいしく頂くには、うろこを取った皮つきのサクを薄板の上に置いて、皮の上から焙るのがお勧めだ。この頃はカセット式のガスバーナーが使えるので手軽に焙り料理ができるようになった。皮下の脂に熱が通って香ばしい匂いが漂ってくるまで火を通すのである。これを冷やす時には氷水につけては水っぽくなって好くない、冷凍庫にそのまま入れて冷やすのがよいだろう。

さて、こうして冷やされて程よく締った鯛の刺身を頂く時の付け合わせには、時節柄春大根が最適だろう。かつらむきにして千六本にするのももちろん良いが、取れたての大根なら、蒲鉾や沢庵を切るときのように半分に切って姿のままで食べるのを私は好む。

刺身の次には鯛の兜焼きを忘れてはなるまい。鯛の頭を、口を上にしてまな板に立てて、出刃包丁を歯の真ん中に当てて目と目の間に向けて差し込んでいくと縦に半分に切り割ることができる。鯛の頭は元々左右二つの骨が結合してできていて、真ん中に靭帯《じんたい》組織の部分があるので、どんなに大きな鯛でもここに包丁を当てると見事に断ち割ることができるのだ。二つになった頭に塩コショウを振ったらオーブンで少し焦げ目がつくくらいに焼くのである。熱いうちに骨の周りの肉やゼラチン質を箸で剥ぎとりながら、顎骨などは外して手づかみで骨をしゃぶったりして、豪快に食べるのが鯛の兜焼きである。

刺身を取った残りのアラや中落ちは、吸い物にしてももちろん美味しいのだが、もし鯛が数匹あったり、大鯛の身がたくさん残ったりした場合は、蒸して骨の周りに残っている部分を、手袋をした指で丁寧にむしり取る。これをフライパンで煎り焼きにすると、最高級の鯛そぼろが出来上がる。ゴマやアオサを加えてふりかけにしてもよいし、冷凍しておけばバラ寿司を作るときなどに重宝するだろう。

こうして一尾の鯛を料理して、残ったのは綺麗に身を削ぎとられて、猫もまたいで通るような骨だけになった筈だ。これこそ恵比寿様への感謝の気持ちの現れ、鯛の供養にもなるというものではないか。

以上ここまで、さも自分で料理しているように書いてきたのだが、実は我が家で魚をさばいているのは私ではない。当家の奥様は結婚して子供が生まれるまでの間、料理教室に通って、道楽で若奥さんたちを相手に教えていた老舗料亭のご隠居に魚の調理法をみっちり仕込んでもらったのである。おかげで私がすることは、包丁研ぎと、翌日魚くずを畑に埋めるだけ。釣りから帰って、魚を渡した後はひと風呂浴びて食卓に座れば、よほどご機嫌が悪くない限り冷えたビールと鯛の刺身にありつけるのである。前世によっぽど良いことをした憶えもないのだが、こればかりはありがたいことと感謝している。

ところで、先日ある評判の料理店に行ったとき、出された刺身が大変美味なのに魚が何なのかわからなかった。白身の刺身の表面には緋牡丹色の赤身が美しく乗っていてコクがあるのである。板前さんに聞いてみたら「鯛ですよ」とこともなげに言うではないか。極くよく切れる薄刃の包丁で皮の直下にある赤身と脂身が残るように表面を薄く削ぎ取ってあるのだ。三キロ以上あるような大きな鯛の皮は厚いので、固い部分のみを削ぎ取り、脂の乗った鯛の旨味を上手に引き出してあるのであろう。切れ味の良い包丁と熟練の技があって初めて引き出すことのできる妙味につくづく感心したことだった。

鯨の話

五月の連休を利用して、旧知の小値賀の漁師さんの家に遊びに行った。夜はその家で宴会をして、翌朝早くから漁船に乗せてもらってヒラスやイサキを釣ろうという算段なのだ。大変歓迎して頂いて、これまた以前から仲良しの、漁協の古い組合員の人たち三人も顔を出してくれたので、漁や魚の話で盛り上がった。

そういえば、この小値賀島の周りの上五島から生月一帯は江戸時代、勇壮な鯨漁で栄えたところで、小値賀の笛吹集落には江戸時代の鯨採りの網元だった小田家の屋敷や蔵が今でも文化財として残っている。

「この頃は鯨はどうなんですか」と尋ねてみると、となりの宇久島には昭和六十年ごろまでは北洋や南氷洋に行く捕鯨船に乗り組んでいた人も結構多かったし、南氷洋での調査捕鯨船に乗っていた人もいたんだけれど、この頃はいないようだなあという返事である。小値賀島にはもともと捕鯨船に乗る人は少なかったのだそうだ。それに、玄界灘一帯に昭和三十年ごろまであった小型捕鯨船による沿岸捕鯨は、この辺りでは行われなかったらしい。

それでは今では鯨は全く獲れないのかというと、「大敷」、つまり定置網に時々かかるとのこと。昨年もミンク鯨が二頭、小値賀漁協の大敷網に入ったそうだ。その鯨はどうなったのかというと、ちゃんと捕獲して漁協の収入になった。但し値段は安くて、一頭百数十万円にしかならなかったという。解体は地元の鍛冶屋に作らせた特製の鯨包丁を使って大敷組が自分たちでやるのだそうだ。ミンク鯨は八トンくらいあるのだから、肉だけの値段にしても一キロ数百円でしかあるまい。黒マグロに比べたら二十分の一以下という安さだ。日頃、鯨専門店で冷凍の肉が馬鹿高い値段で売られているのを目にしているだけに、ちょっと意外の感じがした。小値賀ではこのところ鯨にはあまり縁がないせいか、食べたがる人も少ないのだそうだが、佐世保を初めこの西海地域には鯨好きは多いはずだ。流通ルートの問題かもしれないが、食べたい人間がいるところに適切な値段で回してくれればよいのにと思う。

定置網にかかった鯨の捕獲は水産庁も認めていて、もちろん合法である。海岸に乗り上げてくる鯨は古来、「寄り鯨」と呼んで、恵比寿様からの贈り物として浜の人々がありがたく頂戴してきたのである。弥生時代の遺跡の出土品からも、鯨の骨が様々な道具として利用されていたことが分かるそうだから、寄り鯨の受容は有史以前からの海洋民の文化なのだ。

新聞などで時々目にすることだが、浜に打ち上げられた鯨を海に帰そうとする行いが美しくて、収穫するのは罪悪であるかのように報道するマスコミの見識のなさには全くうんざりするのである。息絶えた鯨が、手が付けられないままにやがて腐敗したなどと書いてあるのを読むと、何というもったいないことをするのだろうかと腹が立つ。

こう書くと、そんなにまでして鯨を食べたいかと言われそうだが、実は子どもの頃はあまり好きではなかった。何しろ小学校の給食に出る鯨汁は、冷凍や処理の技術が悪かったせいか鼻をつく独特の臭みがあって、とても美味しいものではなかった。大方の子どもたちは食べられずに残していた。それが昭和四十年近くになると急に臭みが少なくなって、おいしく食べられるようになった。冷蔵庫の普及に伴ってのことだろう。すりおろした玉葱に赤身肉をつけた「南蛮漬け」のステーキや、冷凍の尾の身の刺身などはだれもが喜ぶご馳走だった。百尋《ひゃくひろ》と呼ぶ鯨の小腸は、ミンク鯨なら大振りのソーセージくらいの太さだが、白長須鯨ともなると直径二十センチもあろうという雄大さ、これを薄切りにして生姜を添えて酢醤油で食べると子どもの口にもうまかった。まして酒呑みには堪えられない味だったろう。鯨肉は牛肉や豚肉、それに鶏肉に比べても格段に値段が安く、庶民の食べ物だったから、その頃に育った世代にとっては懐かしく、もう一度思う存分食べてみたい味なのである。

鯨については忘れられない光景がある。昭和五十年頃の福岡市の柳橋市場の中にあった鯨専門店の店先、そこには肉屋で見かけるような冷蔵食品陳列ケースの、それも横幅が七メーターもあるような長大なものが鎮座していて、大勢の客で繁盛していた。ケースの中には、向って右から値段の高い順に様々な種類の鯨の肉がずらりと並べられている。一番右にはほれぼれするような美しい節理模様を見せて白長須鯨の尾の身が置いてあり、百グラム数千円の値段がついていた。学生だった我々にはとても手が出ないのだが、一度は食べてみたいと思ったものだ。それほど高価なものでなくとも、尾の身の肉は香料のような良い匂いがした。数人で金を出し合って、ケースの真ん中より少し上等くらいのところを千円分ばかり張り込んで、刺身にして酒を飲み大満足したのを懐かしく思い出す。

その時、ケースの一番左に置かれていた百グラム二十円の赤身肉程度の鯨肉を今日有難がって食べているのだと思うと、若い人たちが鯨肉に魅力を感じないというのもむべなるかなである。彼らに一度あの冷蔵ケースを見せてやったらどんな顔をするだろうか。

現在、私たちが鯨の肉を食べようと思えば、調査捕鯨のサンプルのわずかなお流れや、沿岸の定置網にたまたま入ったミンク鯨やイルカ、出どころのよくわからないような輸入肉などを高い値段を払って手に入れるしかない。それというのも国際捕鯨委員会ＩＷＣが一九八二年に商業捕鯨禁止のモラトリアム決議案を採択し、日本もやむを得ずそれに従って一九八七年に遠洋捕鯨を取りやめたからである。

モラトリアムというからには、とりあえず捕鯨を止めるけれども、資源が回復したら再開することを検討しましょうという趣旨であったはずだが、その後全くその兆しすらない。散々に言い古されたことながら、IWCがやっていることは、鯨食の文化を持たない非捕鯨国の連中が、鯨大好きな日本人に嫌がらせをしているとしか思われない節がある。そもそも鯨の資源を枯渇させた責任は誰にあるのか。このことを考えるために、ちょっと文献を読んで勉強してみたい。

イギリスやオランダなどは十七世紀から北極海で帆船による母船式捕鯨をおこなっていて、鯨油と鯨の髭で大きな利益を得ていた。アメリカは十八世紀に北極海と大西洋の鯨を捕り尽くした後にはホーン岬を越えて太平洋にまで乗り出してきた。ハーマン・メルヴィルの小説「白鯨」に描かれている通り、当時のアメリカの鯨取りたちは一航海に三年もかけて北太平洋を遊弋して鯨を採りまくっていたのだ。幕末、ペリーの艦隊が浦賀に乗り込んできて、大砲をちらつかせて開国を迫ったのは、重要産業であった捕鯨のための補給基地を獲得するのが大きな目的だったのに他ならない。マサチューセッツ州辺りの捕鯨業界のロビーイストが大統領に働きかけたのである。当時日本近海が鯨の好漁場であることが分かって彼らの捕鯨船が殺到していた。

もともと鯨の肉には見向きもしない彼らが何故わざわざ、かくも遠方まで航海してきたかというと、それは一にも二にも鯨油を採るためなのだ。驚くべきことに、一八五九年にペンシルバニア州で石油が発見され、石油から潤滑油や灯油が精製されるようになるまで、機械油と照明用の油の大部分には鯨油が使われていたのである。産業革命は鯨油によって達成されたといっても良いかもしれない。いまでも精密機械の潤滑油として使われるスパームオイルはスパームホエールすなわちマッコウ鯨の頭部から得られる油の意味に他ならない。蝋燭《ろうそく》も、ランプの灯油も化粧品も石鹸も皆鯨の油でまかなわれた。油の他に背美鯨などの髯鯨《ひげくじら》の髯は商品価値が非常に高く、これだけで捕鯨船の経費が賄えるほどであったので、大事に持ち帰った。鯨の髯はステッキや傘、様々な調度品、それにご婦人方のコルセットやペチコートの材料として使われた。メリーポピンズが着けているあの落下傘のようなスカート状ドレスは鯨の髯で支えられていたのである。

北太平洋に進出して操業していたアメリカの捕鯨船は一八五〇年ごろには二百隻以上に及び、マッコウ鯨や背美鯨を中心に年間三千頭以上を捕獲していた。その為、江戸時代中期から発達した網掛け突き取り捕鯨と呼ばれる日本の沿岸捕鯨産業は急速に不漁に見舞われるようになり、大打撃を受けて廃業に追い込まれるのである。江戸時代の中期から幕末にかけて、日本の房総、熊野、土佐、西海などすべての地域の鯨組を合わせた年間の捕鯨頭数は、最盛期でも三百頭程度であったと推計されているから、資源枯渇の責任がどこにあるか、歴然としている。

明治時代以降は我が国の沿岸捕鯨にもノルウェー式砲殺捕鯨が導入されたが、近海の鯨資源がすでに少なくなっていたためあまり振るわず、やがて第二ステージともいうべき北太平洋や南氷洋での船団捕鯨の時代へと移っていく。

鯨の最後の楽園と呼ばれた南氷洋での捕鯨は二十世紀初頭からイギリスとノルウェーによって開拓された。捕鯨砲の開発と、大型捕鯨工船にスリップウェイが導入されたことが捕獲量を飛躍的に増大させる。スリップウェイというのは船尾に開けた取り込み口から滑り台で甲板まで鯨を引き上げる装置のことである。当時の南氷洋にいかに鯨が多かったかは、一九三〇～三一年度漁期に四十一隻の捕鯨母船が一年間にシロナガス鯨二万八千三百頭、ナガス鯨八千六百頭、ザトウ鯨五百十頭などを捕獲し、鯨油五十八万トンを生産していることが示している。想像を絶する大殺戮《さつりく》がアメリカとヨーロッパの捕鯨船によって行われているのである。あまりの生産過剰で鯨油価格が暴落したほどである。

日本は遅れて一九三五年から参加し、一九三八年には最多の六隻の捕鯨母船が出漁している。この時の国別の隻数は日本六隻の他、ノルウェー十二隻、イギリス九隻、ドイツ五隻、アメリカ、パナマ各一隻となっている。第二次世界大戦中には中止されていたが、戦後すぐに再開され、日本の南氷洋捕鯨は戦後の食糧難、国民のタンパク質不足を補う上で大いに貢献した。この時期に捕鯨各国が繰り広げた乱獲合戦は「捕鯨オリンピック」などと呼ばれ、その結果、鯨資源は急激に枯渇していった。ヨーロッパ各国は当時石油化学産業が急速に発達して鯨油の需要が少なくなったこともあって、資源の枯渇した南氷洋捕鯨から次々に撤退していく。それと時期を合わせたかのようにＩＷＡは捕鯨制限に動き出し、ついに商業捕鯨全面禁止のモラトリアム決議に至るのである。

確かに鯨の乱獲は許されるべきではなく、資源保護は必要なことである。しかし、捕鯨を野蛮な行為と非難したり、モラル上禁止すべきなどという主張は勝手な言い草ではないか。油は石油でまかなえるのだから野蛮な捕鯨を禁止せよ、などと発言するのは、北極海、大西洋、太平洋、南氷洋で鯨資源を枯渇させた責任はだれにあるのか学んでからにせよ、と言いたい。

我が国には古来の鯨食の食文化があり、また鯨のすべてを捨てるところなく活用してきた歴史がある。捕鯨の目的が彼らとは違うのだ。

鯨資源が充分保持される程度の、節度あるルールの下で捕鯨が復活し、晴れて美味しい鯨が味わえる日がくるのを願うばかりだ。

参考文献

那須敬二「捕鯨盛衰記　食の科学選書一」株式会社光琳　一九九〇年

土に親しむ

どういうものか、子供のころから畑仕事が好きだった。父親も若いころは空き地を耕したりして野菜作りをしていたから、その影響はあったのだろうが、中学生のころから誰に言われるのでもなく、見よう見まねで花の苗を育てたり、野菜の種を蒔いたりしたものだった。これが農家の子どもで、手伝いを強いられたりするのだったら逃げて回ったことだったろうが、好きにしてよい境遇だったからこそ、その気にもなったのだろう。

大学で学生寮に入っていた時には、暇に任せて雑草が茂っていた寮の中庭を耕して野菜畑を作り、皆にあきれられたことがあった。当時の国立大学の学生寮の中で、一番古くてボロは北海道大学の恵迪《けいてき》寮、その次がわが九州大学の田島寮だろうと言われていたくらいだから、元々入寮希望者は多くはなかった。その上大学は入学早々無期限ストライキに入っていたので、広い敷地で何をしようが誰も文句を言うものはいなかった。

暇だけはあったので、寮にはいろいろと変わったことをする学生がいた。一九六九年という学生運動の最盛期の年の入学だから時勢柄、命のかかった党派闘争に明け暮れて、やがて大学を去った者や、対立セクトに襲われて命を失った男もいた。その男は最初鉄パイプで突かれて片目を失明し、数年後に某有名歌手の別荘にいるところを襲われて殺された。それほど深刻ではなくても、マージャンやパチンコのプロ同然の生活をしたり、アルバイトが本職になって長いこと出稼ぎから帰ってこなかったりするのも珍しいことではなかった。比較的まともな方では、食堂の空いたスペースを作業場にして一年がかりでヨットを作っている者、部屋に仏壇を持ち込んで朝夕お題目を上げている者、猫を数匹飼っている者、畑を作っている位はそれほど変わったほうではなかったかもしれない。

その後さすがに忙しくなってしばらくは遠ざかっていたが、就職して所帯を持ったころから昔の癖がよみがえって、家の周りに空き地を見つけては畑作りをやるようになった。北九州の市立病院に勤めていたころには、官舎のアパートの隣に昔の引揚者住宅の跡地があって、セイタカアワダチ草が茂る瓦礫の原だったのを、ツルハシをふるって開墾して畑にした。元々田んぼの後だったと見えて日当たりもよく、見事な実りをもたらしてくれる畑だった。

佐世保に帰ってきてから、腰を落ち着けようと思って家を買うにあたって、畑が作れる広さのあることを条件にした。

幸い中古の家作に付属して三十坪ほどの広さの資材置き場の跡地がある物件が見つかり、そこに敷いてあった砂利を削り取って真砂土をトラックで運んで畑を造成した。結構な手間と費用が掛かったが、これで思う存分に野菜作りができるようになったわけだ。以来三十年、毎年通年して二十種類ほどの野菜を作ってきたのだが、年を追うにつれてますます面白くなってきて、一向に飽きる気配はない。もっとも私にとっては魚釣りも大事なので、潮と天気に恵まれた休日はこちらを優先することになるのだが、農作業は雨が降ったり大風が吹いたりしない限りいつでもできるのがよい。スコップや鍬で耕して畝を立てたり、ビニールシートで畑を覆ったり、エンドウ豆やトマト栽培用の支柱を立て外しするにも結構体を動かすので良い運動になる。

野菜作りをしていると季節の移ろいに敏感になるのは間違いない。というのも、季節に先がけて取り入れを済ませて、次に作る作物を塩梅しなければならないのだ。畑の運営には中々頭を使うもので、例えば豆科や茄子科の野菜（トマト、じゃが芋、ピーマン、胡椒などは皆茄子科だ）は連作を嫌うので四、五年周期で場所を入れ替えながら耕作する必要があり、収穫と種まきの順繰りを合理的に管理するのはなかなか難しい。

病院で診療のあい間にも、農家の患者さんには色々と教えを請い、種まきや植え付けの時期、施肥や手入れのやり方など、情報を仕入れるにおさおさ怠りないよう心がけている。

野菜作りの一番の楽しみはもちろん収穫にある。家の敷地内に畑があるのだから、申し分なく新鮮な野菜にありつけるのはまことに有り難いことで、例えばトウモロコシや胡瓜などは、採りたてと市場で買ったものとでは味の違いは歴然としている。休日の朝などに、畑から採った野菜サラダをゆっくり味わう時間はなかなか得がたいものだと思う。春から初夏にかけてならば数種類のレタス、セロリ、ニンジン、グリーンアスパラガス、絹さやとスナップ豌豆、早生玉ねぎ、パクチーなど。夏ならばもちろんトマト、ピーマン、胡瓜、苦瓜、つる紫、若採りのへちまなど。秋から冬には蕪、白菜、人参、大根、ホウレンソウ…。

間引き菜は野菜作りのおまけのようなものだが、実はこれが一番価値のあるものかもしれない、欲しいと思っても買えるのではないのだから。密集気味に蒔いた野菜の種が芽吹いて、成長するにつれて込み合ってくるのを次々に間引いて食卓へ運ぶ。幼弱な柔らかい葉っぱをお汁に浮かべたり、お浸しにした時の風味や舌ざわりは、大きくなって収穫した野菜の味とは別物だ。人参や大根の葉は間引菜ならではの味で、ゴボウの若芽も風味があってなかなか良い。間引き菜を目的にするのならベランダにプランターを置けば十分栽培可能だから、手軽な野菜作りの楽しみ方として興味のある向きには是非試してもらいたいものだ。

かくのごとく野菜作りの恩恵はよいことずくめではあるのだが、もちろんおのずからそれに伴う苦労もある。例えば虫の害。人間が食べておいしい野菜が虫たちにとって御馳走でないはずがない。栽培家としては、折角の作物をむざむざ食い荒らされるのは不本意極まるのである。「健康のためには無農薬野菜を」などという建前は聞こえはよいが、農薬なしで野菜を作ってごらんなさいと言いたい。周りで農薬を使っているときに、一ヵ所だけ使わない畑があれば、虫さんたちも「健康のためには無農薬」ということになって、立派に育ちかけている若葉や苗が時に一夜にして全滅するのである。青虫、ナメクジ、でんでん虫、根切り虫、ヨトウ虫、てんとう虫、油虫。目に見える虫ならその場で取り去ることはできるが、なかなかそんなことで追いつくものではない。なるべく薄めの農薬を最小限には散布せざるを得ない。間引き菜を採るつもりなら農薬は使えないので、青虫とシェアして、彼らの食べ残りを頂くことになるのも仕方がない。「無農薬栽培」とは虫食い野菜を嫌がらないということなのだ。

春や秋の収穫の時期、しばらく良い天気が続いた後などに、八百屋の店先をのぞくと、立派なキャベツや胡瓜、トマト、初冬なら白菜や大根やらが驚くような安値で売られているのを目にする。あれを見ると、何だか畑仕事の価値を貶められたような、腹立たしくもつらい気持になる。旬の野菜が安くておいしいのは大いに結構なのだが、豊作貧乏という言葉があるように、農家がなかなか報われないのには同情してしまう。こんな風に、普通の消費者には馬鹿らしいとしか思えないような、複雑な気分を抱え込んだりするのも、野菜作りをする者の因果なのだろう。

もちろん雨の心配もある。二十年ほど前の夏、空梅雨でその後もカラカラ天気が続き、ついには厳しい給水制限になった事があった。こんな時は畑の水やりをするのにも人目を忍ぶ気分だ。水道水を撒くのは極力遠慮して、風呂の残り水の、洗濯で余った分をバケツで運んだものだった。

その反対に大雨や台風に祟られて折角の実りが台無しになることも珍しいことではない。まあ、これはモンスーンの国に住んでいるのだから仕方ないことだが。それにしても、このところ水の苦労とは縁遠いのはありがたいことだ。

土に親しむにつけて感じる、四季の廻りが順調で、作物に恵まれることへの幸福感は、父方からも母方からも濃厚に受け継いでいるに違いない農民の遺伝子のなせるわざなのかもしれない。

昼飯の問題

整形外科の勤務医としての私の日課は、午前中週三日は外来診療、それ以外の日は回診、午後は手術、しばしば会議、とほぼ毎週変わりなく続いていて、それも近年は段々と忙しくなってきているおもむきである。外来の机の上に次々に並べられるカルテの列を見ると、屈託を感ずることひとかたでない。せめてもの息抜きは、束の間の昼飯の時間ということになるのだが、この頃これがちょっとした問題なのである。

家で弁当を持たせてくれている間は不満はなかった。栄養のバランスもそこそこに取れていて、毎日飽きないように作ってくれる。なによりも手の空いた時間に簡単にすませることができるのが有難い。ところが、これは子供の弁当のついでに同じものを作るからできることであった。高校と中学に三人の子供たちが通うようになった年に、これ以上は作れないと申し渡されてしまった。

昼休みの時間に病院の外に食事に出るなどという贅沢は望むべくもないが、出前でも頼めばいいだろうと簡単に考えていたのだが、このごろは人手が足りなくて、温かいものを届けることは出来ないらしい。院内に食堂もあるのだが評判が悪い。概して不味いのは仕方がないとして、日によって味が一定しておらず、ビックリするくらい不味い日もある。一番安定しているのはレトルト食材の牛丼というレベルなのである。私だけが特別に高望みなのかと言うと、どうも必ずしもそうではないらしく、スタッフの連中も同じようなことを言っている。

ではどうしようか、困ったなと思っているところに、よい手を思いついた。自分達で作ればよいではないか。しかしこの忙しいのに一体どうやって？　何、遊び半分でやってみてだめなら止めればよいだけの事。

先ず電気釜を買うことにした。六人の食べ盛りがそろっているので一升炊きの大釜である。計量器付の米櫃も購入した。外来の奥にはちょっとした休憩用の小部屋があって、幸い立派な流し台がついているし、大きな冷蔵庫も買ってある。換気扇やガス栓はないが、カセット焜炉で何とかなるだろう。おかずはどうするか、当座はお汁だけは自前で作って、あとは出来合いの惣菜を病院の隣にある大型スーパーでまとめ買いして間に合わせることにした。時どきは看護婦さんや患者さんから差し入れなどもあって結構不自由しない。

そのうち色々と知恵がついてきて、調理も出来るようになった。世の中には生協の食材宅配サービスというのがあるのだ。毎週、何百種類もの下拵え済みの生鮮食品の中から注文票にチェックするだけで届けてくれるのである。配達されたのを冷蔵庫に入れておけば買い物に行く必要はないし、便利なことこの上ない。看護婦さん達が自宅に持って帰るために結んでいる購入グループに入れてもらうことにした。主婦業がいかに楽になっているか、舞台裏をとくと拝見した思いである。大体十五分もあれば大概のおかずは作れるものと分かった。もとより手の込んだ料理などではなく、即席賄い一品料理といったところである。意外なことになかなか美味しくて評判が良い。その内に月曜日をカレーの日として、この日は全員が持ち回りで作ることになった。

そしてここからがいわば本論になるのだが、このような模擬合宿所みたいな昼飯生活を通して面白いことが観察できるのである。

先ず、各人の生活暦が一目瞭然に分かる。米を研いだことが一度もないという男が結構いるのである。ラーメン煮えたもご存知なくて、味噌汁を作る時にイリコで出汁をとることなど、もちろん知らない。医学部に入る勉強以外、家事など一切必要なしというお母さんの下で育てばそうなるでしょう。その反対に器用に美味しいお惣菜を作ってくれる人もいる。中でも感心したのは北京大学出身のA君で、中国では家事は文字通り男女折半で、大抵は夫のほうが料理が上手いのだそうである。彼の作る中華料理は手早くて味もなかなかの物だった。

米を研ぐのは必要な分量の米を計量器で計って、電気窯の目盛りにあわせて水を入れれば済むことなのに、なぜか何時も不具合の飯を炊くB君のことも忘れがたい。ある時など、米櫃の米が途中で切れたのに気付かず、米の量にはお構いなく目盛りの分だけ水を入れて見事に食えないおかゆを作ったことがあった。

私見によれば、料理は手術に通ずるものがあるようだ。どちらも肝腎なのは段取りである。あらかじめ立てた予定に従って必要な材料を手配しておき、次に何が要るか考えながら手を着けていく。出来上がる時には後片付けもほぼ終わっているという要領である。全く手術の極意に他ならない。思い入れがそうさせるのか、料理の手際のいい人は手術も安心して任せられる気がするのである。もちろんラーニングカーブに従ってそれなりに上達していくものではあるが。

さてこの話にまとめをつけるとすると、この試みはなかなか実質的であった。単調になりがちな日常業務の気分転換に役立っている。非常に美味いとは言えないまでも、少なくとも出来立ての飯を食べたい時に食べることができる。大学から派遣されてくる大抵の若手達は一年間で数キロ肥って出て行った。同じ釜の飯を食うことでチームワークが一層良くなっているという面ももちろんある。

そしてこれが一番の恩恵かもしれないが、飯を炊くことも汁を作ることもできなかった無能の人に、基本的な生活能力を獲得し、更生する機会を与えているのである。長い人生何があるか分からない、「退職金を半分もらって出ていきます」などと言われた時、うろたえなくてすむではないか。

一方ひょっとしてこのシステムは、大変傍迷惑なこととして、嫌がられているのかもしれないという懼れが無いわけでもない。その辺りの機微については当事者本人のみが知ることである。

平成十年記

後記

その後十八年が経過し、スタッフの数は八名になったが、この昼飯自炊方式は続いていて、一升炊き電気釜は四台目が活躍している。ひところ、外来の廊下に「料理の匂いだの肉や魚を焼く煙だのが漂い出たりしてけしからん、」という苦情が出たので立派な業務用換気扇を自前で取り付けた。これで遠慮なく毎日昼飯を作れるようになったと、本人たちは平気なものだ。よく食べてよく働くをモットーに、明るく元気な職場のつもりである。

追伸

最近「サラメシ」というNHKの番組が中井貴一のナレーションで人気を呼んでいるようだ。自慢ではないが我が職場は二十年以上前からの昼飯自炊の老舗であり、もし取材がくれば応じるのもやぶさかではないのだが、佐世保ではちょっと遠すぎるか。

予備校で出会った中山正夫先生

今は昔の、私の大学受験時代の話である。昭和四十三年に、ある国立大学医学部を受験したがあえなく不合格だった。家の経済事情を考えて自宅浪人でもしようかと思っていたら、思いがけなく高校の進学指導主任の先生が地元の予備校の特待生に推薦してくださった。浪人仲間の、もっと成績の良かった連中は皆東京や福岡の予備校に行ったので、先生にしても手持ちの推薦枠二人に他に適当な候補がなくて選んでくれたらしかった。渡りに船、ありがたくお受けして、予備校の屋根裏部屋での生活が始まることになった。もう一人は東大工学部を目指していたF君だった。我々は予備校の評判を上げるために指定された大学に合格することを使命としているかわりに、授業料、食事代、部屋代はすべて無料で、給料こそないものの、いわばプロの予備校生みたいなものだ。

「佐世保予備校」は市街を見下ろす高台の中腹にあって、以前はアメリカ兵相手のダンスホールだったという一部四階建ての古い木造の建物だった。一階と二階が百名収容くらいの広さの教室、三階が校長夫妻の居宅、そのまた上にトーチカのように突き出た畳八畳分くらいの部屋がしつらえてあって、そこが我々の居場所だったのだが、床が傾いていて、ボールを置くと転がり出すような部屋だった。窓からは佐世保の市街と港が一望できて、夜ともなれば街の明かりが一面に輝いていた。トーチカ部屋に上る階段の下に老校長のベッドが置いてあるのだそうで、出入りは文字通り監視付きという身の上であったが、もとより一日中勉強漬けの生活なので特に不足があるわけでもなかった。

午前八時半から昼食をはさんで午後五時までは授業、夕食後近くの風呂屋に行ったついでに一寸ぶらぶらする位が唯一の外出で、それから夜中までまた勉強という毎日だ。あんなに勉強したことは終に二度とはなかったなあ、と思うと、その後の人生が如何にいい加減だったか、一寸忸怩たる思いがしないでもない。

一方ではよく本を読んだ一年でもあった。その後の経験からも分かったことだが、たっぷり時間がある時には案外根を詰めて読んだりしないもので、試験の前だとか、他に大事な用がある時のちょっとした暇々に読むとよく頭に入るし、また沢山読めるものなのだ。その頃好んで読んだのは、井上靖の西域物、武田泰淳、永井荷風、そして中島敦などであった。我ながら渋い作家ぞろいではある。

予備校の先生は皆高校教諭を退職したベテランの先生達で、国語は中山正夫先生、その頃六十歳過ぎくらいだったのだろうか。肥り気味で頭は薄く、強いめがねをかけて、笑顔を絶やさぬ人だった。その中山先生は進学指導の担当であったらしく、ある時先生の面談を受けることになった。話の糸口のよもやま話で、どんな本を読んでいるの、と聞かれるので、その頃読んでいた武田泰淳や中島敦の書名を揚げたところ、先生の心のどこかに触れるものがあったものか、本の話から作家の話になって、色々と面白い話を聞かせて頂いた。先生は終戦間もない頃に、中島敦の作品集を編集する仕事に携わった事があったそうで、中島敦未亡人との交流のことなども話してくれた。中島敦は硬質で端正な漢文脈の小説、「山月記」や「李陵」などを残して三十三歳で夭折した作家で、近年は教科書に載るので一般にも知られるようになったが、その頃はまだ知る人ぞ知るという感じの存在であったと思う。一時間近くも話し込んでいたのではなかったろうか。そして思わぬ時間が経ったことに気が付いた先生は、「君、これは進路指導ということになっているからね、まあ本を読むばかりではなくて他の勉強も頑張りたまえ。」と言って面談を終わったのだった。そのことは愉快な思い出となって記憶に残ったのだが、この話には後日譚があった。

二回目の受験の昭和四十四年、一九六九年は、日本の大学入試の歴史の中でも特筆すべき年となった。その年全国的に吹き荒れた大学闘争の影響で東京大学キャンパスがロックアウトされ、東大入試が中止になったのである。そのことは当方にも少なからぬ影響を及ぼし、委細は省略するが結局当初の目標変更という事になって、私は九州大学医学部に入学し、卒業後整形外科医になった。

その後十年ほど経って、地元の病院に勤務したいと望んで、私は佐世保に帰ってきた。病院では偶然の機会があって、地元の造船関係の企業と共同で医療用のプール装置を開発することになった。一緒に取り組むうちにはその会社の方々と酒を酌み交わすことも度々だった。ある日、飲みながらの身の上話のようなことになった時、専務さんの奥さんがあの中山先生の娘という間柄である事が分かりビックリすることになる。専務さんと先生は気の合う義理の親子同士で、しょっちゅう酒を飲んではへぼ碁を囲む仲だったのだそうだ。中山先生は残念ながら数年前に亡くなっていた。再会する事ができていたらどんなに面白かったことだろう。

先生の遺稿が娘である専務さんの奥さんの手元に残っていた。拝借して読んだ中に「中島敦文学に関する四章」と題する原稿用紙二十五枚分ほどの論考があった。日付の昭和三十九年は、私が予備校でお会いした時の四年前だ。先生の教師としてのキャリアの最後の頃の著作ということになろう。発行元は記されていないが、おそらく勤務しておられた高校で編集された紀要に発表されたものではないかと推測される。中島敦の旧制高校在学時から終焉に及ぶ生活と文学活動の遍歴、作品の紹介、解析、既存の中島敦研究書の吟味、などにおよぶ広範な研究であり、熱気を感じる。先生の中島敦にかける情熱は出会いから二十年、衰えることなく続いていたのだ。その余熱に、偶然ある予備校生が触れて、印象深い話を聞かせてもらったのがあの時の進路指導だったのだ、という絵解きがストンと腑に落ちたのだった。

中山先生は地元の小学校の代用教員を振り出しに、戦前の東京高等師範学校を卒業、三十三年の教員生活を送った方であった。諸橋轍次の大漢和辞典編集事業に助手として関わった時期もあったという。

通信制高校の主事として退職を迎えるにあたって、バルザックの「富み、愛せられ、名高くなりたい」という俗物宣言を引用して、「働きながら学んでいる生徒諸君」を祝福する言葉を学校新聞に書いておられる。一寸高踏的すぎて戸惑うような、そんな言葉を言った後には、大いに照れて「いや何でもないんだ、気にしなくていい」とあわてて手を振る中山先生の姿が目に浮かぶようである。

佐世保北高　吟詠部

渭城の朝雨軽塵を浥《うるお》し
客舎青青柳色新たなり
君に勧む更に尽くせ一杯の酒
西のかた陽関を出づれば故人無からん

無からん　無からん　故人無からん
西のかた陽関を出づれば故人無からん

その人は体育館中に響き渡る名調子で朗々と吟じた。結句を三回繰り返すので「陽関三畳」とも呼ばれる、唐の王維の「元二が安西に使いするを送る」という漢詩である。古来惜別の詩として吟じられてきた。

吟じたのは塚本心一先生。学校中の誰もが「ツカシン」と呼んでいる。この、長崎県立佐世保北高校の名物として知られた漢文教師は、この日全校の生徒達を前に自身の離任式に臨んでいた。「自分は転任して出ていく立場ではあるが、こちらからすれば、君たちを送り出す気持であるから、送別の気持ちを込めてこの詩を贈る。」と前置きして、陽関三畳を吟じ、あとは、「諸君が元気で精進されんことを期す、それでは、又会おう。」とだけ言ってカッコよく演壇を降りて、去っていった。

先生は小柄ながら強壮に見え、ちょび髭を生やして親しみが感じられる風貌、その頃四十五歳くらいではなかっただろうか。

私はその年に入学したばかりの一年生だったから、入れ替わりに出ていった塚本先生の授業は一度も受けられなかったし、その後先生にお会いすることもなかったのだが、不思議な成り行きで先生の影響のもとに高校三年間を過ごすことになる。

佐世保北高校には吟詠部があった。塚本先生が作ったのである。先生がいなくなってからも、活動は続けられていたので、私も入部することにした。もちろん、入学していきなり経験した塚本先生との出会いで、興味を覚えたのが動機である。

部の活動といっても、名前だけは文化クラブの一つにはなっているが、部室はなく、校舎の屋上や、学校の裏山などが練習場である。雨の時にはどうしていたのだろうか、よく思い出すことができないが、どこか空いている教室を使ったりしていたのだろう。

三年生は下田 憲さんひとりだけ。「通称シモケン」と自分で名乗る個性の持ち主で、旧制高校の弊衣破帽の流れを汲むバンカラながら、文芸部にも入っていて、自作の短歌や詩を披露してくれた。風貌は若かった頃の寒山拾得とでも言ったところ、この人が吟詠部の実質的な指導者だった。二年生も一人だけ、ヤマゾエさんという物静かな人で、ガリ版で刷った漢詩集を配ったりしてくれた。一年生だけ多くて七人ほどもいただろうか。クラブとしての決まり事も拘束もない、いたって牧歌的な集まりながらも、毎週決まった曜日に集まって、最初はシモケンとヤマゾエさんに指導されて、七言絶句や律詩、五言絶句の吟じ方を習った。

世の中には詩吟の流派や家元などもあるらしいが、塚本先生が指導した吟詠は学生向けの、至って単純で装飾性の少ない流儀であった。抑揚のつけ方や節回しはそれほど難しくない。漢詩を覚えて、みんなで一緒に吟ずるという、きわめて単純なことをやるだけのクラブである。

自然に興味は新しい漢詩を憶え、諳んずることに向かう。唐の李白の「峨眉山月歌」は最初に憶えた。

峨眉山月歌　唐　李白

峨眉山月半輪秋
影入平羌江水流
夜発清渓向三峡
思君不見下渝州

峨眉山月の歌

峨眉山月　半輪の秋
影は平羌江水に入って流る
夜　清溪を発して三峡に向う
君を思えども見えず　渝州に下る

中国の地図で峨眉山を見ると、四川省の、長江の支流のその又奥の辺境の山である。四川省で生まれた李白が始めて故郷を離れた時の、旅立ちの詩だろうといわれている。李白はペルシャ人の血が入っているんじゃないかという説があるくらい、どこから来たかもよく分からない人で、沢山の作品が残されているのに生活臭が感じられない。家族を抱えて生活に苦しんだ杜甫とは全く対照的だ。杜甫には絶句は少なく、律詩がすばらしい。「春望」や「岳陽楼に登る」は、中でも人気がある。

登岳陽楼　唐　杜甫

岳陽楼に登る

昔聞洞庭水
今上岳陽楼
呉楚東南坼
乾坤日夜浮
親朋無一字
老病有孤舟
戎馬関山北
憑軒涕泗流

昔聞く 洞庭の水
今上る 岳陽楼
呉楚 東南に坼《さ》け
乾坤 日夜浮かぶ
親朋 一字無く
老病 孤舟有り
戎馬 関山の北
軒に憑《よ》って涕泗流る

杜牧は晩唐の、王朝斜陽の時期に苦労した詩人でありながら、育ちが良い為か屈折のない明るい感じがする。「晩唐の李杜」と、杜牧と並び称される李商隠の詩が難解で朦朧としていて、吟詠には向かないように感じられるのに比べて親しみやすく、皆好んで吟じていた。

江南春絶句　唐　杜牧

千里鶯啼緑映紅
水村山郭酒旗風
南朝四百八十寺
多少楼台煙雨中

江南の春

千里鶯啼いて緑紅に映ず
水村山郭酒旗の風
南朝四百八十寺
多少の楼台煙雨の中

そのうち西域に関わった詩や物語に興味を覚えるようになって、なるべく沢山憶えるようにしていた。「涼州詞」は王翰のものと王之換のものと両者いずれも好い。

涼州詞　唐　王翰

葡萄美酒夜光杯
欲飲琵琶馬上催
酔臥沙場君莫笑
古来征戦幾人回

葡萄の美酒夜光の杯
飲まんと欲すれば琵琶馬上に催す
酔うて沙上に臥すとも君笑うことなかれ
古来征戦幾人か回る

涼州詞　唐　王之換

黄河遠上白雲間
一片孤城万仭山
羌笛何須怨楊柳
春光不度玉門関

黄河　遠く上がる　白雲の間
一片の孤城　万仭の山
羌笛　何ぞ須《もち》いん　楊柳を怨むを
春光度《わた》らず　玉門関

西域の詩では岑参の「胡笳の歌、顔真卿の使して河隴に赴くを送る」も好きでよく吟じた。少し長いが、高校生の頃に一度憶えた詩は、忘れていてすぐには出てこなくても、又思い出す事ができる。これが年を取ってからだと、いくら努力してもすぐ忘れてしまって情けない思いをすることになる。

その後西域好きが高じて模造紙に天山北路、南路の地図を書き込んだり、井上靖や中島敦の西域物の小説に凝ったりした。

日本の漢詩も捨てたものではない。吟詠部では頼　山陽や広瀬淡窓、乃木希介などの詩を憶えたが、その外の日本人の作品にも好いのが沢山ある。

泊天草洋　日本　頼　山陽　天草洋に泊す

雲耶山耶呉耶越　雲か山か呉か越か
水天髣髴青一髪　水天髣髴　青一髪
万里泊舟天草洋　万里舟を泊す　天草の洋
煙横篷窓日漸没　煙は篷窓に横たわって　日漸く没す
瞥見大魚波間跳　瞥見す　大魚の波間に跳るを
太白当船明似月　太白は　船に当たって　明　月に似たり

この詩など、スケールが大きくて調子がよくて、海に向かって大きな声で吟ずると気分がスカッとすること請け合いだ。

日本の漢詩といえば、江戸末期から大正時代にかけて日本では漢詩ブームが沸き起こって、漢詩の結社が隆盛を極め、雑誌の文芸欄では漢詩の投稿が大盛況であった。硯友社や自然主義文学、白樺派などの近代小説が人気を集めた一方では、当時のひとかどの教養人と言われるほどの人にとって、漢詩文の教養こそが王道であり、文学とは漢文学のことであった。

森鴎外は若い頃は漢文で日記を書いていたし、夏目漱石は晩年、午前中は小説を書き、午後は漢詩作りに精を出していたことは有名だ。司馬遼太郎の「坂の上の雲」には、満州の戦野の天幕で、児玉源太郎と乃木希介が副官を交えて漢詩の合評会をする場面が出てくる。もちろん乃木に添削してもらう会のようなものだったらしいが、かれらの精神生活のあり方を知る上で面白いエピソードだ。

一方現代の我々にとって漢詩とは何か。それはもっぱら鑑賞し、愛玩するべきものである。いくらうらやましく思っても、子どもの頃から四書の素読を受け、漢学を基礎から叩き込まれている彼らの真似をしようにも、漢詩を作ることなど出来るわけが無いという諦めが先に立つのである。

例えば絶句を作ろうとすれば、まず韻を踏まねばならず、その韻は平声上・下三十種に分類してある中から韻字一種を選び、「韻書」というリストを参照して使える字を探す必要がある。それに加えて平仄のリズムの原則と起承転結の流れに適っていなければならない。律詩となると、更に対句が要求されるのである。このような様々の約束事を踏まえながら、しかも詩情を自然に表現することは、二千年におよぶ膨大な漢詩作品の記憶の積み重ねと、漢文脈に拠って物事を発想するセンスがあってこそ可能な業なのではなかろうか。

かくまでして払わねばならない艱難辛苦と、その結果得られる下手な漢詩とでは到底収文の割が合わないと思えば、とても生半《なまなか》なことでは漢詩を作るのは無理と悟るのである。しかし現代の日本人といえども、我々は少なくとも漢字を理解し、漢詩の素晴らしさを味わう事ができる。

先日新聞を読んでいたら、かつて佐世保には同好の士が集まって漢詩を鑑賞する会があったと書いてあった。もちろん暮夜、料理屋に集まって一杯飲みながら楽しむ会である。指導者は塚本心一先生で、その折に塚本先生に揮毫していただいた色紙を今も大切にしている、ということを書いたコラムであった。塚本先生は顔真卿の筆法の流れを汲む書家としても高名であったと聞く。

そんな会があることを知っていれば、何とか伝を頼ってでも末席に加えていただきたかったものを、と思っても今はかなわぬことである。残念なことに塚本先生は十数年前に世を去っておられて、いつか謦咳に接したいという願いも空しくなってしまった。

運動会の歌

昭和三十一年に江迎小学校に入学した。江迎というのは長崎県北部の田舎の町で、今では商店の並んでいる通りはシャッター街になってすっかり元気のないところになってしまっているが、当時は炭坑が全盛で、町も石炭景気でにぎわった時代であった。江迎川の河口の埋め立て地に今の表通りが開通したばかりで、未舗装の道は雨の日には泥濘で歩き悩む有様だったが、裏を通る旧平戸往還の石畳の道にはひっそりと古い家並みが立ち並び、精米所から漂う湿った糠の匂いを感じながら通学したのだった。私は三月の早生まれなので、体格が小さく、家から学校までの三キロメートルほどの通学が大変だったのではなかったかと想像されるのだが、苦労した覚えは全く残っていない。

斑状にポツポツと思い出がひらめく中で、よく覚えているのは例えば運動会のことである。体が貧弱であった上に運動神経も元々良い方ではないので、もとよりが競走で活躍した思い出などではなく、例えば校長先生が「運動くぁい（会）をくぁいくぁい（開会）するにあたり…」と長い話をしたこととか、話がやっと終わって、いよいよ運動会が始まる前に歌うことになっていた「運動会の歌」のことだとかである。

この歌は、口移しに教えられるまま歌っていた難しい歌だったのだが不思議なことに今でも覚えている。それはこういう歌であった。「まぁちにまちたるうんどうかい。きたぁれぇり、きたぁれぇり、あぁあ　ゆかぁあい。」古色蒼然とした文語の歌詞で、小学校低学年の児童に理解できた筈もないのだが、分からないままに大きな声で歌っていたのである。三年生になる時に転校した佐世保市内の八幡小学校では歌わなかったので、この歌を私が歌った運動会は二回でしかなかったわけなのだが、妙に忘れなかったその歌詞を、時々思い出していた結果、全体の意味が何となく腑に落ちたのはずいぶん後になってからのことだ。六十年昔の記憶に基づいているのだから不正確の部分もあると思うが、それを次に書いてみよう。

待ちに　待ちたる　運動会
来たれり　来たれり　ああ愉快
吹く風　涼しく　日は　麗らか
日頃の　練磨　その効　顕著

優勝劣敗　いでいで示さん
真っ先　駆けて　遅れは　取らじ
真っ先　駆けて　遅れは　取らじ

今から思えば一番引っかかって、分からなかったのは「ゆうしょうれっぱい」のところだったのではなかっただろうか。多分中学生の頃に、頭の中でこの漢字が当てはまった時には、ああ　そうか、という思いがしたことを覚えている。

「優れたものが勝ち、劣れば負ける」残酷ながら何れ立ち向かわなければならない社会の現実についての箴言を、くどくどしい説明はせず、さりげなく歌わせるというありかた、別に子どもの頭に刷り込もうというわけでもなかったろうが、後になって気が付いた者は、さてはそういう意味だったかと思い至るというのも悪くないような気がする。

ここまで書いた時、ふと思いついてインターネットで「運動会の歌」というので調べてみたら、果たして正しい歌詞が記されていた。これを投稿した方はおそらく私より数年年長で、やはり妙に懐かしくて覚えていたものらしい。それは以下の通りであった。

一、待ちに　待ちたる　運動会
来たれり　来たれり　ああ　愉快
吹く風　涼しく　日は　うららか
日頃の練磨　練たる　手並み
正々堂々　いでいで示さん
真っ先駆けて　遅れは取らじ　真っ先駆けて　遅れは取らじ

二、競い　競いし　運動会
終れり　終れり　ああ　愉快
日は早や　傾き　夕風　涼し
日頃の　練磨　その効　顕著
優勝　劣敗　審判　済みて
凱歌の　声は　天にも響け　凱歌の声は　天にも響け

しかもこの方によれば、運動会が始まる前に一番を歌い、終わった後で二番を歌っていたとのことである。そう言われれば確かに終わった後にも歌っていたようだった。運動会が終わった充足感と安心感の中で、疲れた体に夕風を心地良く感じながら、閉会の歌を歌った覚えがよみがえってきた。

そして私は一番と二番を混同していたのだった。確かに「優勝劣敗　いでいで示さん」ではまるで弱肉強食を歌っているようで小学生の運動会にはふさわしくない。赤組と白組の審判のことであれば素直に受け入れられるというものである。社会の現実についての暗示が含まれているなどというのはどうも私の早とちりの勝手な深読みであったようだ。

当時の運動会にまつわることでは、一日だけ履くとすぐ破れてしまう運動会用の白足袋を、なぜか皆買う慣わしだったことだとか、早く走るおまじないとして道に落ちている馬糞を見つけて、裸足になって踏んでいたこととか(道路を馬が引く荷車が通っていたのだ)、部落対抗のリレーがあって大人達が熱狂していたことなどが思い出される。

今日の運動会とは随分とかけ離れた、しかし懐かしい思い出である。

五、付けたり

――二冊の本の「まえがき」と「編集後記」――

「みんなでつくったわがまち佐世保の子ども発達センター」誌　前書き

私たちが住んでいる佐世保市を中心とした長崎県の北部地域には、療育の専門機関がなく、障害を持つ子どもの親たちにとってその設立は長い間の切実な願いでした。その願いは平成十年「佐世保子ども発達センター」の発足により実現し、八年目を迎える今日までまずは着実な歩みをたどってきています。

この施設には、療育や子育てに関心を持つ皆様に注目していただきたいいくつかの特徴があります。具体的に挙げてみますと、まずその生い立ちが、当事者である親の会や医療関係者、療育の現場担当者などによる市民運動の盛り上がりの中から始まったこと。議会・行政がそれに積極的に応える形で協議会が設置され、この街にふさわしい規模と内容が検討されたこと。施設の構成が、すべての子どもと親たちが自由に遊び、交流や情報交換ができる「親子交流部門」と、発達の遅れや障害が疑われる子どもたちを対象とする「診療・療育部門」のふたつから成り立っていること。その運営が、利用当事者、保育・医療などの専門家、および行政担当者などからなる協議会の年毎の提言に基づいてなされていることなどです。

さらに付け加えるなら、施設運営にかかる費用は「親子交流部門」では国や県からの補助制度を最大に利用して、「診療・療育部門」では医療保険を適用しながら、既存の資源を活用してできるだけ利用者や市にかかる財政の負担が多くならないように運用されている点も特筆されて良い特徴でしょう。

この本は、人口二十五万人という日本のどこにでもあるような、ある中都市で行われている療育サービスの内容と、施設の設立に到るまでの経験をご紹介することを主な目的としています。

今後ますます深刻化することが予想されるわが国の少子化傾向をうけて、子育て支援の必要性が最近声高に論じられるようになり、育児給付などの経済的支援の必要性が言われたりしていますが、もっとも深刻で必要性が高いのは、ハンディキャップがあったり、特別に子育てに手のかかる子どもを抱えている親に対する支援であるはずです。また、核家族化の中にあって子育ての悩みをかかえる普通の親たちに対する目線ももちろん大切です。当センターで行われている子育て支援の実際と、当面している課題について知っていただき、一緒に考えていただくことが、現在ご自身が住んでおられる地域での同じような問題を解決するためのささやかな参考になればと思います。

この構想に最初の段階から協力を惜しまれなかった元北九州総合療育センター所長の高松鶴吉先生にこの場を借りてお礼申し上げます。濃淡の違いこそあれ今回の運動にかかわった人達は何らかの形で先生の影響を受けていたと言ってよいかと思われます。各々の立場は様々ですが、この度のきっかけでいわば飛び散ったまま永く地中にあったタンポポの種が芽を吹くように一緒に一仕事することとなりました。そこへ先生が花咲かの翁よろしくやって来て、肥やしの灰を撒いて下さったような思いがしています。

もう一人の印象深い推進者、山本尚子さんは、厚生省（現在は厚生労働省）から地方都市に派遣されるキャリアのお役人として佐世保に来られたわけですが、短い期間に当センター設立の目鼻をつけるために本当によく動いていただきました。戯言を申せば、ある日ふらりと流れてきた女渡世人が、困っている土地の衆の為に一肌脱いで鬼神のような働きを見せたかと思ったら、喜んでいる人達を尻目にさりげなく次の土地へと去って行った、とでもいう感じでしょうか。

ともあれ、当センターの設立の理念が子育てにたずさわる人達に永く受け継がれ、新たな発展を続けて行くようにということが、この本作りに関わった者すべての願いです。

療育を考える市民の会
佐世保共済病院　整形外科医　萩原　博嗣

「みんなでつくったわがまち佐世保の子ども発達センター」
二〇〇六年七月二十五日　発行
著者　療育を考える市民の会
制作　「療育センターの本」制作委員会

「佐世保共済病院一〇〇年史」編集後記

「佐世保共済病院一〇〇年史」編集委員会が木寺院長の指示により発足したのは平成二十二年九月であった。以来、幸い多くの方々の御協力を得て、比較的順調に予定通りの作業行程を経て何とか校了を迎えることが出来た。

何よりも有難かったのは我々の手元には三十年前に発行された「佐世保共済病院七〇年史」があり、病院設立から戦後に至る歴史的経緯についての最も困難な編纂作業は既に終わっていたのみか、手本とすべき優れた編集方針が示されていたことであった。そのおかげで、我々のなすべき作業は七〇年史編纂の土台の上にその後の三十年の流れを継ぎ足すことであり、示された道筋に沿って易々と歩んでいくような安心を感じることができた。

七〇年史の編集委員長　開田峯吉先生による「あとがき」を読んでみると、当時の編集委員の苦心の程が偲ばれる。困難は先ず第一に基礎資料の不足にあった。発足から終戦までの当院は海軍工廠の職域病院であり、管理者は職業軍人であったことから、終戦時占領軍が乗り込んでくるという混乱の中で記録や資料の多くがその時に処分されていたのである。そうした悪条件にもかかわらず、わずかに残された「共済会病院沿革」などの貴重な資料と、当時存命であった戦前からの勤務者の記憶に基づいて沿革を知るに充分な記録が収録されている。

一〇〇年の歴史を振り返ると当然の事ながら栄枯盛衰の幾山川があったことがわかる。明治四十四年の「海軍工廠職工共済会病院」としての発足以来終戦までは長崎県北部地域で唯一の市民に開かれた総合病院として絶大な信頼を集めた、興隆期と言える時代であった。大きな危機は先ず昭和二十年六月二十八日の佐世保大空襲時に訪れる。勤務員の懸命の消火作業と避難誘導によって、奇跡的に一人の犠牲者も出していないが、もし屋上の木造家屋の火災が延焼していたら、甚大な被害が出たことはもとより、病院の存続そのものが危うかったであろう。

その直後には終戦の混乱があった。当院は海軍の解体によって経営母体を失い根無し草となった。弥縫《びほう》策としての「財団法人共済協会」の設立によってかろうじて命脈を保ったものの、昭和二十五年には早くも綻びが現れた。この時には旧令特別措置法という救済法によって共済協会が国家公務員共済組合に引き継がれることにより存続が果たされている。

その後は安定的な歩みを見たものの、大学医局との関係が徐々に尻すぼみとなった昭和五十年代後半には医師数が次第に減っていき、建物の老朽化も進み、市民から「共済病院は危ないんじゃないか」と心配されるほどの危機的状況を迎えるに至っている。

そうした状況は楠田雅彦院長の時代に一変される。医師数は十八名から五十六名に増加し、老朽化した建物はすべて一新されて、佐世保川に臨む坂の上に九階建て白亜の新病棟が姿を現した。のみならず裏山をなす島地山は掘削されて、交通至便の環境が確保され、その後順調な発展を続ける礎となったのである。

七〇年史を読むと、院内のそこはかとない温かさが感じられる。当時は病院の低迷期にあり、誌面にもそのことは書かれているのだが、通底して流れる楽観的とも言える雰囲気があって、それこそが当院の底力に通じているのではないかと思われるのである。現在、当院は多くの地方中堅病院のご多分に漏れず、新臨床研修医制度の影響で一部の科の医師不足に悩まされている。当事者にとって深刻ではあるが、一〇〇年の流れの中にあっては、小さな波のひとつに揉まれているのだと見ることもできよう。

明治期にこの地域の最初の総合病院として発足し、度重なる危機を不死鳥の如く乗り越えながら、受診者に誕生から末期までの医療を提供し続けてきた当院は、佐世保市民にとって、親子数代にも亘る記憶に刷り込まれつつあると言っても過言ではないかもしれない。この度の一〇〇周年記念事業を、市民の信頼に応えるべき我々の使命の新たな出発点として意義のあるものと考えたい。

本誌の各章の扉は、市内の色々な場所から見た当院の佇まいを描いた絵によって彩られている。これらはすべて画家　馬場忍先生にご寄贈頂いたもので、原画は院内各所の壁を飾って来院者の安らぎとなっている。この場を借りて馬場先生の御厚情に改めてお礼申し上げたい。

この度の記念誌発刊にあたり祝辞をお寄せいただいた久保次郎 佐世保市医師会 会長、朝長則男佐世保市長、尾原榮夫理事長に深甚の謝意を捧げる。

また、編集を担当して労を惜しまれなかった徳勝宏子、荒岡弥生の両氏、写真撮影担当の中倉壮志朗氏、およびデザイン、印刷をお願いしたエスケイ・アイ・コーポレーション社に深謝する。

編集委員長　萩原　博嗣
編集委員　小島敏行　野原昌子　森山栄子
三溝典明　森　博紀　山陰健児

佐世保共済病院一〇〇年史
平成二十四年三月二十七日発行
編集　佐世保共済病院一〇〇年史編集委員会
発行　佐世保共済病院　佐世保市島地町一〇―一七

あとがき

　私は、二〇一五年に海上保安大学校の航海練習船に臨時採用の船医として乗り組んで、世界一周の航海をする機会に恵まれた。百一日間は過ぎてみれば短い期間ではあったが、航海期間の三分の二を占める海上生活の時間も含めて全く退屈することはなく、充実した日々を送ることができた。ハワイ、コスタリカ、ニューヨーク、マルセイユ、モナコ、そしてシンガポールと、寄港してそれぞれ五日間ほど滞在した六つの港はいずれも私にとって初めて訪れる所で、それぞれに魅力に溢れ、毎日を未知の土地を訪れる刺激的な時間で満たしてくれた。病院勤めの経験しかない私にとって、乗り組みの方々や実習生諸君と共に過ごす船上生活も日頃とは全く趣が変わって興味深いものだった。

　帰港後には回りの人達に旅の様子を伝えねばなるまいと、航海も一ヵ月を残すほどになった頃に思い立って読み物風の旅行記を書いてみることにした。船医の仕事は幸い大変暇で時間はたっぷりあったので、日頃の筆不精にも似合わず残してあった日記を下敷きに、呉港に帰着する頃には一応書き終える事ができた。

その後、あとで調べた情報や感想などを追加し、航海中の三十葉ばかりの写真を添えてA5判の用紙裏表二十枚ほどの手作りの小冊子が出来上がった。興味を示して下さる方にはこれを配って読んでいただくことにしたのだが、この小冊子の印刷は追加に次ぐ追加で、あらかた二百部位は作ったのではなかろうか。病院の総務課にある高速プリンターの性能は驚くほど優れていて、これには大変御世話になった。

佐世保文化協会会長の小西宗十先生は昔から佐世保共済病院をご贔屓にしてくださるあり難い患者さんの御一人で、私の外来にも来て下さっているので、この小冊子を一部お渡しした。すると次の来診の折に、「なかなか面白いから、出版したらどうかね、」と勧めてくださった。しかし本にするとなると、これでは分量が足りないのではないか。そのうち随筆などを書いて、原稿が溜まることでもあれば、と、あてもなく思いはしたものの、先生には生返事を返すしかなかった。

ところが先生は、三ヵ月毎の受診の度に、「その後原稿は出来ているかね」とお尋ね下さるのである。一年位経つうちに、折角お声をかけて頂くのにこのままでは申し訳ないと思うようになった。紹介していただいた地元の出版社「芸文堂」に相談すると、案の定、本の体裁にするのにはせめて倍以上の分量が必要だと指摘された。

その時点で読み物になりそうな原稿は、かろうじて、長崎県医師会報に投稿した、兼好法師に係わる二編と野口英世のことを書いた一篇くらいしかなかった。

急遽何か書かねばならない。というわけでそれから半年かかって、随筆のような、評伝のようなものをひねり出すことになる。

最初に書いたウィリアム・アダムズの事績について興味を持ったきっかけは、たまたま訪れた平戸市立図書館のベランダから見た平戸海峡の景観だった。この図書館は設計が優れていて居心地の良い場所で、今ではしょっちゅう利用させてもらっているのだが、何しろ海の眺めが素晴らしい。

眼下に見下ろす平戸海峡には黒小島が浮かんでおり、その周りを瀬戸の潮流が洗っている。島全体は原始林に覆われていて、周辺の海岸もほとんど自然のままなのだから、今目の前にしている景色は、関が原合戦の年に日本に到来したウィリアム・アダムズが平戸にやって来た時に見たものと変わらない筈なのだ。このことに気付いた時に、彼のことを書いてみたいと思ったのだった。

平戸市立図書館には古式捕鯨に関する蔵書が充実している。その中の数冊を読み、この海域で盛んに捕鯨が行われたことを知って大いに興味を惹かれた。

生月では日本一の鯨組として繁栄した益富家が「勇魚取絵詞」という素晴らしい絵巻を

残している。その絵巻には捕鯨の現場で命を懸けて鯨に挑んだ羽指という男達が画かれている。江戸から見物に訪れた連中がその勇壮さを口をそろえて称賛し、日本の海防を担うのは彼らを措いてないとまで言っているのである。今でも生月出身の男女の中に、羽指の血を受け継いでいるに違いないと思われるような人を散見するのも面白く、彼らのことを書いてみようと思うようになった。

急に何か書こうと思ってもそうそう材料があるわけでもないので、手近の趣味や道楽なら、という安直なことになった。スキューバダイビング、鯛釣り、野菜作り、それに職場での昼飯作りの話などである。それに加えて、予備校、高校、小学校の頃の思い出話も混じっている。皆、あまりにも個人的なエピソードの類なので読んでいただこうというのも汗顔の至りなのだが、行きがかりでこうなってしまったことについては平にご容赦をお願いするしかない。

最後に、付けたりとして二冊の本の前書きと編集後記を再掲した。いずれも私にとっては思い出深い本である。

一つ目は「みんなで作ったわが街佐世保の子ども発達センター」という本の前書きである。障害児の親の会や医療関係者などが市民運動を行った結果設立された「子ども発達センター」が、今ではこの街になくてはならない施設として大活躍しているのは誠にめでたいことである。

二冊目の「佐世保共済病院一〇〇年史」は、私が三十年間奉職した病院が記念事業として編纂したものである。先人達が苦労して残してくれた遺産であるこの病院が、今後も大切に受け継がれるように願うものだ。

実はこのほかに私が所属する整形外科教室の同門会誌や医学雑誌に投稿した随筆や私論などがいくつかあったのだが、あまりに内輪の話めくのでこれらは収録から除外した。

最後に、この本のタイトルについて一言触れておきたい。「ドクトル太公望の世界周航記」という題は、まえがきを書いてくださった小西先生の命名による。私としては太公望呂尚の名を騙るのは恐れ多いし、とても私の柄ではないと感じている。実は、寝酒を飲んでいる時「テンプラ医務官の世界周航記」というのを思いつき、なかなかいいじゃないか、と一杯機嫌で元気づいたのだが、それでは何の事かわからないと周りから馬鹿にされてしまった。本を読んでもらえば分かるのだがなあ、とやや未練は残ったものの、ほかに案がないまま、お勧めに従ってちょっと気が引けるこのタイトルとはなった次第である。

かくのごとく、この本が形を成すことができたのは、出版を促してくださり、まえがきを執筆し、タイトルまでつけていただいた小西宗十先生の、あり難い後押しのお陰であり、幾重にも感謝するばかりである。

また、芸術性豊かな挿画と装丁を提供して下さった大石 博画伯、並びに出版にあたり御世話になった芸文堂の中村徳裕社長と編集担当の前川竜人氏に深謝する。

以上所収の各篇の由来を自注し、本書を手にして頂いたことにあらためてお礼申し上げたい。

二〇一七年　夏

著者　萩原　博嗣　白

萩原　博嗣（はぎはら　ひろし）

一九五〇年　北松浦郡江迎町（現佐世保市）に生まれる
一九六八年　長崎県立佐世保北高校卒業
一九七六年　九州大学医学部　卒業
　　　　　　同、整形外科学教室に入局
一九八六年　佐世保共済病院　整形外科医員
二〇〇八年　同　副院長
二〇一五年　同　定年退職
　　　　　　同　整形外科顧問

ドクトル太公望の世界周航記

平成二十九年十月二十八日　第一版　発行

著　者
発行者　萩原　博嗣

発行所　芸文堂
佐世保市山祇町十九－十三
電話（〇九五六）三一－五六五六

印　刷
製　本　エスケイ・アイ・コーポレーション

定価はカバーに表示してあります。

ISBN978-4-902863-70-3C0026 ¥1200E